AF197975

Tucholsky Wagner Zola Scott Sydow Freud Schlegel
Turgenev Wallace Fonatne
Twain Walther von der Vogelweide Fouqué Friedrich II. von Preußen
Weber Freiligrath Frey
Fechner Fichte Weiße Rose von Fallersleben Kant Ernst Richthofen Frommel
Engels Fielding Hölderlin
Fehrs Faber Flaubert Eichendorff Tacitus Dumas
Maximilian I. von Habsburg Fock Eliasberg Zweig Ebner Eschenbach
Feuerbach Ewald Eliot Vergil
Goethe Elisabeth von Österreich London
Mendelssohn Balzac Shakespeare Dostojewski Ganghofer
Lichtenberg Rathenau Doyle Gjellerup
Trackl Stevenson Hambruch
Mommsen Thoma Tolstoi Lenz Hanrieder Droste-Hülshoff
Dach Verne von Arnim Hägele Hauff Humboldt
Karrillon Reuter Rousseau Hagen Hauptmann Gautier
Garschin
Damaschke Defoe Hebbel Baudelaire
Descartes
Wolfram von Eschenbach Schopenhauer Hegel Kussmaul Herder
Bronner Darwin Dickens Rilke George
Melville Grimm Jerome
Campe Horváth Aristoteles Bebel Proust
Bismarck Vigny Barlach Voltaire Federer Herodot
Gengenbach Heine
Storm Casanova Lessing Tersteegen Gilm Grillparzer Georgy
Chamberlain Langbein Gryphius
Brentano Lafontaine
Strachwitz Claudius Schiller Kralik Iffland Sokrates
Katharina II. von Rußland Bellamy Schilling
Gerstäcker Raabe Gibbon Tschechow
Löns Hesse Hoffmann Gogol Wilde Gleim Vulpius
Luther Heym Hofmannsthal Klee Hölty Morgenstern Goedicke
Roth Heyse Klopstock Kleist
Luxemburg La Roche Puschkin Homer Mörike Musil
Machiavelli Horaz
Navarra Aurel Musset Kierkegaard Kraft Kraus
Nestroy Marie de France Lamprecht Kind Kirchhoff Hugo Moltke
Laotse Ipsen Liebknecht
Nietzsche Nansen Ringelnatz
Marx Lassalle Gorki Klett Leibniz
von Ossietzky May vom Stein Lawrence Irving
Petalozzi Knigge
Platon Pückler Michelangelo Kock Kafka
Sachs Poe Liebermann Korolenko
de Sade Praetorius Mistral Zetkin

Der Verlag tredition aus Hamburg veröffentlicht in der Reihe **TREDITION CLASSICS** Werke aus mehr als zwei Jahrtausenden. Diese waren zu einem Großteil vergriffen oder nur noch antiquarisch erhältlich.

Symbolfigur für **TREDITION CLASSICS** ist Johannes Gutenberg (1400 — 1468), der Erfinder des Buchdrucks mit Metalllettern und der Druckerpresse.

Mit der Buchreihe **TREDITION CLASSICS** verfolgt tredition das Ziel, tausende Klassiker der Weltliteratur verschiedener Sprachen wieder als gedruckte Bücher aufzulegen – und das weltweit!

Die Buchreihe dient zur Bewahrung der Literatur und Förderung der Kultur. Sie trägt so dazu bei, dass viele tausend Werke nicht in Vergessenheit geraten.

Der wilde Heide

Edmund Hoefer

Impressum

Autor: Edmund Hoefer
Umschlagkonzept: toepferschumann, Berlin

Verlag: tradition GmbH, Hamburg
ISBN: 978-3-8424-0603-2
Printed in Germany

Text der Originalausgabe

Edmund Hoefer

Der wilde Heide

1855

Es passirt zuweilen, daß Jahre über uns kommen, in denen wir weder selbst was erleben, noch Andere etwas erleben sehen, wo wir weder etwas zu beobachten haben, noch etwas Neues erfahren. Es gibt hin und wider ein Ereigniß, das etwas zu werden verspricht, das einen heitern oder trüben, interessanten Verlauf nehmen zu wollen scheint – und schließlich ist es nur eine Seifenblase. Ein Mensch wird uns angekündigt, dessen Geist gerühmt wird; wir kommen mit Mühe in seine Nähe – und er hat grade seine schwache Stunde und gewährt uns nichts. Ein anderer erscheint, dessen Leben ein bedeutendes, bewegtes war, der sich auf all den bunten Pfaden eine reiche Erfahrung erwarb, unendliche Kenntnisse sammelte, die interessantesten Anschauungen gewann, und zu dem allem die Gabe hat, auf das Lehrreichste und Anmuthigste davon zu erzählen. Wir erwarten Gott weiß was von ihm und erhalten vielleicht eine breite Unterhaltung über dies oder das Theater oder über die beste Methode, einen Hummersalat zuzubereiten. Kurz in solcher Zeit ist Langeweile und Eintönigkeit am Ruder und macht Köpfe und Herzen stumpf. Es ist, als müsse das Leben auch einmal eine Art Winterschlaf halten.

Dagegen passirt es denn aber auch hin und wider, daß plötzlich etwas bisher gänzlich Unbeachtetes zum Besondern ausschlägt, daß ein Mensch, der uns als der gleichgültigste und unbedeutendste erschien, mit einemmal unser höchstes Interesse in Anspruch nimmt und sich für unsere Gleichgültigkeit rächt, indem er uns im vollsten und reichsten Maße belehrt, unterhält, unser Herz bewegt und unsern Kopf nachdenken läßt. Mir ist ein solcher Fall unvergeßlich und ich will ihn hier den Lesern mittheilen.

In der Stadt, wo ich damals lebte, war eine solche – ich möchte sagen: todte Zeit eingetreten. In den Carnevalstagen von einer Gesellschaft in die andere gehetzt, von einem Ball zum andern eilend, hatte man sich so gründlich ausgesprochen, war mit allen Unterhaltungsstoffen so zu Rande gekommen, daß die Sache bedenklich ward. Es passirte nichts, man erfuhr nichts, kein Malheur, keinen Scherz, keine Liebschaft, keinen Skandal, – die Menschen lebten zum Verzweifeln ordentlich und friedlich. Man sah nur Gesichter, die mit Mühe das Gähnen unterdrückten, und selbst die Liebespaare wußten sich nichts mehr zu sagen, – ja es hieß, daß einige sehr solide Paare auf dem Punkt seien, sich zu trennen, weil sie doch gar zu wenig in einander fänden. Man las entsetzlich viel schlechte Bücher, man trank weit über den Durst, man spielte nicht mehr stunden-, sondern tagelang Karten, man erzählte sich endlich sogar Anekdoten. Aber fand man in seinem Geistesruin nur schlechte heraus oder erzählte man sie schlecht, – sie halfen auch nicht mehr und ließen uns nur immer mehr die Trostlosigkeit unserer Zustände empfinden und verwünschen. Und dennoch liefen wir immer wieder zusammen, um nur wenigstens in Gesellschaft durch die Zeit zu kommen. Auf seinem Zimmer hielt keiner mehr aus.

So saßen wir eines Abends in unserm gewöhnlichen Gasthofszimmer bei einander, in dem wir auch Mittags neben dem großen Speisesaal unsern besondern Tisch hatten. Und da das Wetter sehr schlecht – dieser Grund ist seltsam genug, aber dennoch der ganz gewöhnliche– und zufällig auch keine Gesellschaft war, so zeigte sich unser Kreis vollständig versammelt. In der Ecke hatte sich eine Spielpartie etablirt. Wir andern saßen um den Tisch, speisten zur Nacht und langweilten uns lästerlich, hüteten uns aber wohl, diese langweilige Gesellschaft zu verlassen. – Im Speisesaal draußen war es gleichfalls voll und zwar, so sehr, daß der Wirth für ein paar später erscheinende Gäste an unserm Tisch hatte decken lassen. Es waren Leute, die wir gleichfalls kannten, wenn wir auch nicht oft mit ihnen verkehrten, wir nahmen sie an den Tisch und in die Unterhaltung bereitwillig auf, aber neues brachten auch sie uns nicht.

Es wurden auch wieder Anekdoten erzählt, die Meidingers seliger Großvater sogar für antiquirt hätte erklären müssen; auch sie fanden ihr Ende, und wir ergriffen die Partie zu schweigen und zu gähnen. Von den Gästen entfernte sich einer nach dem andern und trug mit sich vermutlich sehr bedenkliche Vorstellungen von dem Geist seiner heutigen Tischnachbarn hinfort. Da ließ ein neben mir sitzender Offizier den unter den Kopf gestützten Arm auf den Tisch sinken und sagte zu einem gegenübersitzenden Freunde: »Du, Brandt, bald hätt' ich's vergessen! Ich habe heut Morgen einen Brief von Mosler gehabt, der auch dir mit gilt.« – »So?« versetzte der Angeredete gähnend. »Das freut mich. Was neues?« – »Er hat sich verlobt,« war die Antwort. – »Hätte auch was Besseres thun können,« sprach Brandt nachlässig. »Neu find' ich das nicht. Es ist ja so einmal unsere Bestimmung, wie vernünftig man sonst auch sein mag.« Kein Gesicht umher regte sich aus seiner Abgespanntheit;

wir kannten schon diese Weise des Redners. »Nun, und mit wem hat er denn den Streich gemacht?« – »Mit Helene Manski.« – »Helene Manski? Hm – war ihre Mutter nicht eine Tochter des wilden alten Generals von der Heide auf Reuschwitz? Ich versenke mich jetzt in genealogische und Familienstudien, meine Herren,« setzte er gegen uns wie erklärend hinzu.

»Du irrst dich,« versetzte der Offizier. »Sie war eine Tochter seines Bruders, des Landraths. Und das war ein höchst solider Mann und weitab von der Wildheit des Generals. Dies ist eine sehr geordnete und wohlhabende Familie und nie mehr mit der des Wilden in Berührung gekommen, seit er damals Anno dreizehn seinen Sohn erschoß.« –

»Seinen Sohn erschoß? – Wie kam das? – Was ist's mit dem alten General? – Erzählen Sie?« riefen wir durcheinander; da war ja ein Stoff – und wir stürzten drauf los wie eine gierige Meute. – »Der wilde Heide – denn so hieß er im Land und heißt noch jetzt so –« sagte der Offizier und wollte fortfahren, als er durch eine feste, ruhige Stimme vom untern Ende des Tisches her unterbrochen wurde. »Halten Sie ein, Herr von Natter, Sie irren sich gleichfalls und erzählen etwas Unrichtiges.« Der Lieutenant fuhr empor, wir sahen ebenfalls auf und zu dem Störenden hinüber.

Es war ein ältlicher Mann, von dem wir nur wußten, daß er seit einigen Jahren dem Steueramt in der Stadt vorstand. Kränklich wie er war, traf man ihn nur zuweilen Morgens im Weinhause, einen halben Schoppen zu trinken, und Abends hin und wider im Gasthofe. Familie hatte er nicht und nur wenige Bekannte. Man sah ihn wohl hie und da an einer Unterhaltung theilnehmen, lebhaft ward er aber nie und noch weniger laut: meistens blieb er ziemlich still für sich. Um so mehr überraschte uns diese seine plötzliche Einmischung.

»Das ist eine Behauptung, Herr Steuerrath –,« rief Natter ziemlich barsch. – »Die ich beweisen kann,« entgegnete der Alte ihn auf's neue unterbrechend. »Ich würde mir nicht erlaubt haben, Sie in Ihrer Erzählung zu stören, wenn ich nicht bei Ihnen den Wunsch vorausgesetzt hätte, ein gänzlich grundloses Altweibergeschwätz – entschuldigen Sie, aber das ist es – nicht durch Ihren Bericht als wahr hinzustellen und zu verbreiten.« – »Aber Herr,« brach der

Lieutenant aus,»wie kommen Sie dazu, für unwahr zu erklären, was ich aller Welt als wahr nacherzähle?« –»Alle Welt irrt sich,« erwiderte er gleich ruhig. »Und ich muß das am besten wissen, da ich vier Jahre lang der vertraute und befreundete Adjutant des Generals war und grade auch in jenem Jahre, wo die Unthat ihm zugeschoben wird, keinen Tag von seiner Seite kam. Zugleich, meine Herren, war ich der beste Freund dieses seines Sohns. Genügt Ihnen das?«

Wir hatten ihm aufmerksam zugehört und blieben jetzt stumm. Der Lieutenant verbeugte sich auf seine letzten Worte zustimmend und sagte dann:»wenn die Sache so ist, habe ich natürlich nichts einzuwenden, sondern nur das Unrecht zu beklagen, das dem Andenken des alten Generals durch das Gerücht geschieht. Und zugleich muß ich mich über seine Bestimmtheit und Verbreitung wundern, denn, ich wiederhole es, alle Welt glaubt so.« –»Das weiß ich leider und kenne auch die Veranlassung,« bemerkte der Rath. »Doch es ist, wie ich sagte.« –»Sie sollten uns das genauer erzählen, Herr Steuerrath,« meinte einer von uns, der sich bisher kaum des Schlafs erwehrt, jetzt aber bei dieser Aussicht wieder munter ward. Und da der Alte erwiderte:»mit Vergnügen, wenn die Herren mir zuhören wollen,« – so rückten wir aneinander, zündeten neue Cigarren an, füllten die Gläser, baten die Spielenden, sich nicht gar zu laut zu streiten, und harrten dann des Anfangs der Geschichte.

»Es ist wissenswürdig und seltsam genug, was ich Ihnen mitzutheilen habe,« fing er an;»wenn ich nur ein besserer Erzähler wäre. Und vor allen Dingen muß ich die Herren um Entschuldigung bitten, wenn's nicht gleich zu dem kommt, was Sie wissen wollen. Ich muß aber ein wenig ausholen und zuerst von vorhergehenden Dingen reden. – Der Vater meines alten Generals war ein armer Cavalier aus dem S.schen und nahm Dienste in der Armee um die Zeit der schlesischen Kriege. Er lernte eine junge Dame kennen, ein Freifräulein von Klingeneck auf Klingeneck, Reuschwitz und wie alle die Güter dort heißen. Sie war elternlos und in gerader Linie die nächste und letzte Erbin des großen Besitzes. Ihre Verwandten widersetzten sich der Neigung zu dem armen Offizier, und die Historie spielte mit unendlichen Intrigen, Chikanen und Quälereien, bis der Lieutenant von der Heide das Mädchen entführte und sich in Sachsen mit ihr trauen ließ. Und nach manchen weitern Streitigkeiten gelangte er so unter dem Schutz des Königs in den ruhigen Besitz seiner Frau und ihres Vermögens. Mit ihren Verwandten fand niemals eine Aussöhnung statt, es herrschte vielmehr die bitterste Feindschaft, ein nie gestillter Haß zwischen ihnen. Das dürfen Sie nicht vergessen, meine Herren.

»Der Major, – das ward er, – hatte drei Kinder, eine Tochter und zwei Söhne. Die Tochter heirathete ihrer Zeit einen Grafen von Halberg im Oesterreichischen, die beiden Söhne traten wie üblich als Junker in die Armee: der älteste, Freiherr Hans, nahm aber nach dem Tode seines Vaters den Abschied und ward Landrath. Der Jüngere, Felix, diente fort. Was und wie er's getrieben, zeigt der Beiname, den er damals von seinen nächsten Kameraden und Bekannten erhielt und der bald verbreitet genug war: »der wilde Heide.« Was man von wilden, übermüthigen Reiterstücken erzählt, – Sie können dreist behaupten, daß er sie ausgeführt; ich habe ihn noch mit eigenen Augen in seinem dreiundsechzigsten Jahr unter den Flügeln einer Windmühle durchreiten sehen, von andern kaum minder halsbrechenden Kunststücken ganz zu schweigen. Und was es an Tollheiten und Ausgelassenheiten in Stadt und Land, im Dienst, in der Gesellschaft gab zu jener Zeit, wo der Offizierstand in dergleichen excellirte und so ziemlich gefei't war, – das zeigte sich bei ihm in der vollsten Blüthe. Eine schwärzere Conduitenliste hatte kein Offizier der Armee, aus Strafen kam er gar nicht heraus; dem Kommandeur, der ihn einmal fragte: »wo wohnen Sie eigentlich, Herr?« – gab er die allerdings unleugbar richtige Antwort: »auf der Wache, Herr General.« – Es kam so weit, daß der Kommandeur fast mit Angst jedem Rapport entgegensah, weil beinahe sicher »der wilde Heide« mit einer Ungehörigkeit darauf gemeldet war. Und der alte Herr behauptete endlich ohne allen Scherz, was ihm Unangenehmes im täglichen Dienst und Leben passire, und was ihm an Nasen vom Inspecteur und sogar von Berlin komme, das habe zu guten Dreiviertheilen der Heide verschuldet, und er sei ein Nagel zu seinem Sarge. Trotz alle dem mußte man ihn doch mit gnädigen Augen ansehen, denn sein Avancement war ein beinah unerhörtes; im neunundzwanzigsten Jahr war er Stabsrittmeister und im einunddreißigsten erhielt er die Eskadron. Und wie wild er war, wie furchtbar seine Heftigkeit, wie gefährlich sein Jähzorn, wie unglaublich seine gelegentliche Grobheit und schrankenlose Derbheit, – alle Welt war ihm zu eigen. Seine Kameraden waren ihm treu bis zum letzten Thaler in der Börse oder im Kredit, und seine Leute gingen für ihn durch's Feuer und er konnte mit ihnen machen, was er wollte. Widerstehen konnte ihm niemand, er riß alles mit sich fort, wenn er es wollte.

»Als er siebenunddreißig Jahre alt war, heirathete er plötzlich ein blutarmes Mädchen aus einer ganz unbedeutenden Familie, er, dem keine Partie im Lande versagt worden wäre. Er heirathete aus reiner Liebe, meine Herren, aus einer Liebe, die wie jedes Gefühl, jede Regung an und in ihm die Färbung der äußersten Leidenschaftlichkeit an sich hatte. Halb that er nichts, wie er auch nichts halb war. Er nahm seinen Abschied mit dem Charakter als Major, ging mit der jungen Frau auf sein Gut Reuschwitz, und die Aenderung, welche in seinem Sein und Wesen eintrat, war eine solche, wie niemand sie bei ihm geahnt oder für möglich gehalten. Er betete seine Frau an, er trug sie – man möchte sagen nicht auf seinen Händen, sondern auf seinem Herzen, und wo einmal die alte Rauhheit und Heftigkeit hervorbrach und eine Stunde trübte, wo er sie einmal mit seiner furchtbaren, für gewöhnlich aber mannhaft beherrschten Eifersucht quälte, da bot seine sonstige Liebe so reichen Ersatz, da warf sie ein solches Licht durch die dunklen Stunden, daß die Frau nie etwas andres als dies Licht sah und auf ihrem Todbett dem Gatten sagte, er habe ihr ein Glück gegeben, wie sie es von der Erde nicht geahnt noch geträumt. Sie starb nach der Geburt ihres vierten Kindes. Von den drei frühern waren zwei zeitig gestorben und es blieb dem Vater nur das älteste, ein Sohn, und er hieß nach der Mutter Eugen. Denn das jüngste zuletzt geborne Mädchen wollte er niemals sehen, »diesen Mörder in der Wiege,« wie er sie im leidenschaftlichen, unvernünftigen Haß nannte. Sie kam gleich nach ihrer Geburt zur Gräfin Halberg nach Oesterreich, die kinderlos war.

»Der Tod seiner Frau war für ihn auf eine geraume Zeit der Schluß seines soliden und geordneten Lebens. Was er da alles angegeben, läßt sich weder sagen noch denken: so was muß man sehen, um überhaupt daran zu glauben, davon zu wissen. Und so viel auch die Verwandten seiner Mutter in Wirklichkeit übertrieben haben mögen, unmöglich war bei ihm nichts. Das Land war voll von ihm, man schreckte mit seinem Namen die Kinder in der Wiege, und hätte er seinen Titel nicht bereits geführt, jetzt wäre er ihm geworden. »Der wilde Heide« hieß er Land aus und ein. Und er lebte wahrhaftig auch wild und heidnisch. Es blieb nicht einmal in den Grenzen dessen, was man zu übersehen pflegt. Mehr als einmal hatte sein Bruder die höchste Noth, das Einschreiten der Behörden abzuwenden, und ein paarmal kostete es schwere Summen, die beleidigten Gesetze zu versöhnen. Und doch – es ist seltsam zu sagen und stets unerklärt geblieben – doch ließen sich auch hier seine Dienstleute, die Bewohner seiner Güter, für ihn todt schlagen und kein Einziger wich aus seinem Dienst, wenn er ihn nicht selber fortjagte, obgleich das Leben in seinem Hause und unter seinem Regiment zu Zeiten mehr als unerträglich gewesen sein soll.

»Mit seinem Bruder kam er gänzlich auseinander. »Kommt mir der Schleicher, der Pfaff noch einmal auf den Hof, ich schieße ihn auf meiner Schwelle todt!« hatte er gedroht. Auch seine Schwester sah er nicht mehr, seit sie die Unvorsichtigkeit begangen, einmal die damals etwa fünfjährige kleine Stephanie zu ihm zu bringen. Beim Anblick des Kindes hatte sich sein Gesicht so verzerrt, daß die Anwesenden erbebten, und mit geballten Fausten hatte er geschrieen: »Bringt das Geschöpf weg, daß ich mich nicht dran vergreife! Ich stehe nicht für mich! Hat sie mir nicht meine Seele gemordet, mein Weib, mein süßes Weib?« Und als man die Kleine fortgebracht, war er in einen Stuhl gefallen und hatte die Hände vor das Gesicht gedrückt und gestöhnt: »mein Weib, mein todtes, todtes Weib!« Und dabei waren die Thränen stromweis unter seinen Händen hervorgequollen, das einzigemal, daß ein Mensch ihn hat weinen sehen. Von der Zeit an war auch die Schwester nicht wiedergekehrt, die in diesem Auftritt nichts als das allerdings Barbarische empfand.

»Auch das Verhältniß mit seinem Sohn war ein ganz abnormes. Er that alles für seine standesmäßige Ausbildung und hielt ihn dabei, je mehr er heranwuchs, mit einer desto peinlichem Gewissenhaftigkeit von seinen eigenen Ausschweifungen und Überspanntheiten fern. Er liebte ihn abgöttisch und behandelte ihn doch zu Zeiten mit einer grausamen, barbarischen Strenge. Er hatte ihn wohl einmal im Uebermaß seiner Liebe so an sich gepreßt oder bei anderer Gelegenheit in seiner an Wahnsinn grenzenden Heftigkeit so gezüchtigt und mißhandelt, daß Krankheiten davon die Folge waren. Und dann hatte er tage-, wochenlang in seinem Zimmer, an seinem Bett gelebt und ihn mit einer Weichheit und Zärtlichkeit gepflegt, wie man sie sonst nur von einer Frau erwarten mag. Mit Todesangst sah er den Knaben zuweilen zu Pferd steigen und davon reiten, und drohte ihm mit seinem Fluch, wenn er das Thier nicht ruhig gehen lasse. Und zu andern Zeiten fluchte er alle Donner Gottes auf ihn herab, wenn er dem Vater nicht in allen halsbrechenden und thörichten Reiterstücken zur Seite blieb, es ihm gleich that. So ging es überall. Nie war ein junger Mensch zugleich so der Beherrscher und der Sclave seines Vaters. – Er sollte Landwirth bleiben, den Soldatenstand, die ganze Sehnsucht des Sohns, hatte der Vater mit einem Donnerwort ihm für immer untersagt, ohne daß man dafür einen Grund anzugeben gewußt hatte.

»Als der Major in die fünfziger Jahre kam, ward er nach und nach anders. Nicht als ob es nicht noch genug Extravaganzen gegeben, nicht als ob er überhaupt weniger wild, mehr geordnet gelebt. Davon war wenig zu merken. Aber er ward kälter und nahm es ruhiger, es kam, so zu sagen, eine gewisse Methode hinein, eine Art Gewohnheit. Sein Zorn und seine Heftigkeit rauschten in ihm noch ebenso düster und jäh empor, aber er kam nicht mehr, wie früher wohl einmal, zu Thätlichkeiten, zu furchtbaren, unbeherrschten Wuthausbrüchen, zu unermeßlichen, unbeschreiblichen Flüchen und Drohungen, sondern hielt sich mehr in der Region einer eisigen Kälte oder vernichtenden Hohns, grausamer Sarkasmen und Bitterkeiten; und nur selten kam es zu einem Nachklang des alten Donners. Nachgiebiger und geduldiger ward er nie und nirgends, im Gegentheil vielleicht noch starrer, trotziger und härter. Er sprach nicht mehr so viel wie sonst, – mit eisernem Willen und unbeugsamer Consequenz führte er seine Vorsätze, seine Absichten jetzt ohne viel Worte zu ihrem Ziel.

»Einige Zeit nach dem Tode seiner Frau hatte er sich zum Wiedereintritt in den Dienst gemeldet. Man hatte ihm höflich zu verstehen gegeben, daß man ihn nicht brauchen könne, und er hatte alle Teufel der Hölle auf die gesammte Militärverwaltung, auf den ganzen Staat herabgeflucht. Das erfuhr man droben, vergaß es nicht und war im Winter 1806, als man in der Noth des Staates auch an ihn dachte, in keiner geringen Sorge, wie er jetzt eine Aufforderung zum Wiedereintritt aufnehmen würde. Der Freund, der mit der Ueberbringung des Patents und der Übertragung eines wichtigen abgesonderten und selbständigen Kommando's an ihn betraut war, hatte sich auf's Sorgfältigste vorgesehen, gegen jede Grobheit, jede Extravaganz gerüstet, gedachte ihn besonders mit der Aussicht auf die charmanten, tollmüthigen Reiterstücke zu ködern, zu denen seine beabsichtigte Stellung Gelegenheit bieten mußte. Die Herren hatten sich sämmtlich und gründlich in ihm und seiner Weise geirrt.

»Bei den ersten, sehr vorsichtigen und beinah schüchternen einleitenden Worten des Freundes hatte er ihn unterbrochen. »Ich sehe, man will was von mir,« hatte er barsch gesagt. »Es kommt darauf an, von wem das ausgeht. Für die Herren Minister, die Herren Generale, die Herren Excellenzen, die Herren Kanzlisten so viel!« fuhr er mit einer unbeschreiblichen Geberde und einem verächtlichen Lächeln fort. »Auf ihren Ruf nicht einen Fuß in den Bügel und hinge das Schicksal der Monarchie an meinen Sporen. Will aber der König was von mir und kannst du mir mit gutem Gewissen versichern, daß er selbst mich ruft, er selbst mich will, – dann heraus damit. Der wilde Heide hat ein ganzes Herz für ihn und einen ganzen Mann.«

»Und das war ein Wort – er war ein ganzer, ein gewaltiger Mann, und der Gesandte fühlte das in jener bösen, traurigen Zeit, wo man der Männer bedurfte und doch so wenige fand, so tief und sich so bewegt durch dies einfache Wort, daß er, wie er mir selbst erzählte, dem Major um den Hals fiel und mit feuchten Augen rief: »Heide, du bist ein Prachtmensch!« – »Weiß ich nicht, ist möglich, ist mir auch egal,« hatte er kalt erwidert, »bin aber ein ehrlicher, grader und harter Gesell und des Königs treuer Knecht. Und nun heraus mit den Lappen.« – Der Andere reichte ihm stumm die beiden Ordres. Als er gelesen, klappte er sie ruhig zusammen, legte sie auf den Tisch und sagte: »Nun wollen wir frühstücken. Nachher werden frische Pferde für dich parat sein; du kannst zurückfahren und Seiner Majestät sagen, morgen früh ginge ich ab, und so lange ich lebe, könne er in Betreff des Distriktes ruhig sein. Der alte Heide hoffe ihm manch christlich Stück vor dem Feind zu berichten. Abgemacht. Sag's ihm, schreiben ist meine Art nicht recht.« So geschah's, am folgenden Morgen setzte er sich ganz nach alter Ritterweise mit einigen und zwanzig Dienstleuten zu Pferde, die er rasch nothdürftig equipirt hatte, und brach auf. Die Franzosen merkten ihn bald; es kam keiner hinein in jene Landstriche an der Grenze, der nicht mindestens mit blutigem Kopf wieder davongeschickt wäre. Und dabei entwickelte er ein Organisations- und Verwaltungstalent, eine Benutzung aller Mittel, eine Klarheit und Richtigkeit seiner Anordnungen, eine unerschütterliche Ruhe, eine nie zu lähmende Geistesgegenwart, einen eisernen Willen und eine unermüdliche Sorgfalt und Aufmerksamkeit in seinen Obliegenheiten, wie es niemand von ihm geahnt, wie es über alles Lob erhaben war.

»Knirschend beugte er sich unter den folgenden elenden Frieden und es bedurfte eines ausdrücklichen persönlichen Wunsches vom König, um ihn auch jetzt in seiner Stellung zu halten. Er erhielt eine Brigade, die er aber zuerst fast aus nichts erschaffen mußte, und zugleich auch eine Stellung in der Verwaltung des Distrikts, die ihm selbst die Civilbehörden vielfach unterordnete. Seine Stellung war schwer und seine ganze Weise nicht dazu angethan, sie für ihn und andere leichter zu machen. Weil er selbst schier Unmögliches leistete, verlangte er es auch von andern, ohne zu bedenken, daß nicht alle wie er und daß manche Verhältnisse nicht zu überwinden waren. Seine Untergebenen, die Behörden hatten einen schweren Stand mit ihm; zufrieden war er nie. Und eiserne Strenge, donnernder Tadel, grobe, beinahe injuriöse Worte, bittere, verletzende Reden waren die sichere Folge, wenn seinen Befehlen, seinem Willen sich etwas entgegenstellte. Man ertrug das alles auch nur, weil man in ihm den goldtreuen Mann, den unbestechlichen, unerschütterlichen Anhänger des Königs und des Vaterlandes wußte und ihm um das Beste beider unendliche Verdienste zugestehen mußte. Und doch konnte er neben diesem allen und trotz desselben der liebenswürdigste Weltmann sein, sobald es galt, jemand einzunehmen, zumal dem Feinde bei Gelegenheit Sand in die Augen zu streuen.

»Am schlimmsten hatten es diejenigen, die ihm zunächst standen, seine Adjutanten; sie hatten all das Angegebene, all die Seltsamkeiten und Rauhheiten dieses Charakters im vollsten Maße durchzumachen, und – um einen Ausdruck von ihm zu gebrauchen – kein Gott und kein Teufel nahm ihnen das ab. Es kam freilich dazu, daß keiner so lange bei ihm blieb, bis einer mit ihm vertraut wurde. Nicht als ob sie selbst auf ihre Versetzung angetragen – es zeigte sich auch hier wieder die Allgewalt seines Wesens, daß alle trotz ihres kaum erschwinglichen Dienstes bis auf's Blut ihm ergeben waren – aber man kannte die Vortrefflichkeit der Schule, in der sie bei ihm waren, und rief sie, sobald sie davon profitirt, zu andern Stellen. Er ärgerte sich wüthend darüber, er fluchte Himmel und Hölle zusammen, schrieb die gröbsten Briefe bis an den König, behandelte die Neueintretenden wahrhaft unerträglich, – es half ihm nichts; die Sache ward nicht anders, und was die schlechte Behandlung betraf, so war er nicht im Stande, lange dabei zu beharren. Denn, meine Herren, im Grunde war er gutmüthig, wie irgend ein Mensch auf der Welt.

»Das alles wußte ich zur Genüge und von zwanzig Seiten, da ich im Frühling des Jahres 1811 zu ihm als Adjutant kommandirt wurde. Aber wenn man ihm auch überall vieles Gute und Tüchtige zugestand, so redete man doch auch über andere, weniger angenehme Seiten ebensoviel. Gern ging ich nicht, nicht einmal neugierig. Denn ich war ziemlich empfindlich, in einigen Punkten überaus krittlich und leicht zu verletzen, wie man das bei jungen Leuten oft genug findet. Es war daher fast mit Bestimmtheit anzunehmen, daß ich mehr als einmal mit ihm zusammengerathen würde, und so ging ich grade nicht mit angenehmen Hoffnungen und Aussichten zu ihm. Einstweilen behielt ich sogar noch mein altes Quartier in meiner bisherigen Garnison, um, wenn ich nach einigen Wochen zum Regiment zurückkehrte, doch eine Wohnung zu haben. So bestimmt rechnete ich auf ein gegenseitiges Mißfallen; gefallen lassen wollte ich mir nichts.

»Er war damals auf ein paar Wochen nach Reuschwitz gegangen, – man dachte, um sich von den selbst für seine Riesennatur unerschwinglichen Anstrengungen im Bureau, in der Garnison, bei den Inspectionsreisen zu erholen. Da hatte ich seiner Ordre gemäß mich einzufinden und ihm vorzustellen. Ich langte morgens an und das Herz klopfte mir, als der alte Diener hineinging, mich zu melden.

»Wie ich hineintrat, stand er in der Fensternische, mit dem Rücken gegen den Tag, so daß ich an dem trüben Tage wenig von den Zügen seines Gesichts sehen konnte. »Was beliebt?« fragte er. – Ich machte meine Meldung. – »Wozu bedurft's da der Ankündigung?« fragte er wieder barsch. »Weßhalb kommen Sie nicht dienstlich herein? Ueberhaupt,« fuhr er fort und trat einen Schritt vor, die Arme über die mächtige Brust geschlagen, – »man schickt mir da Hinz und Kunz, meine Adjutantur ist wie ein Taubenschlag, so fliegt's ein und aus. Es ist, als solle ich nur dressiren. Doch dazu habe ich weder Lust noch Zeit.« –

»Der Zorn stieg mir in den Kopf. »Ich bin weder Hinz noch Kunz, Herr Oberst,« versetzte ich,, »und wenn ich auch noch viel zu lernen habe und gern lernen will, so liebe ich die Dressur doch gleichfalls nicht. Haben Sie mir sonst noch etwas zu befehlen?« – Und da er vielleicht überrascht schwieg, machte ich Kehrt und ging zur Thür. »Halt! Wohin?« rief er mir nach. Und als ich mich also nothgedrungen wieder umwandte, sprach er weiter: »Ei, wie kurz angebunden, Herr Lieutenant! Hab' ich Sie schon gehen heißen? Glauben die Herren, daß ich jedermann mit offenen Armen aufnehmen, daß mir jedermann willkommen oder auch nur egal sein soll? Ich kann nicht jedermann brauchen, bei mir wird nicht gespaßt, und wer sich nicht in meine Weise schicken will, muß seiner Wege gehen, ich ändere mich nicht.« – »Ich habe mich nicht um die Stellung bei Ihnen beworben,« entgegnete ich. »Lieb ist mir diese Bestimmung auch nicht gewesen, Herr Oberst. Aber wenn meine Vorgesetzten befehlen, daß ich hier oder da helfen oder lernen soll zum Besten des Vaterlandes und des Dienstes, so ist mir das Wo? egal, ich gehorche, bis man mich nicht mehr brauchen kann oder will. Ich werde die Meldung nach B. zurückbringen, daß der Herr Oberst mich nicht zu verwenden wissen.«

»Es war ein unbeschreiblicher Blick, der aus seinen hellbraunen, lebhaften Augen mich traf, ich möchte sagen, es sprach daraus eine Art von barscher Zufriedenheit. »Ei,« sprach er dann wieder nach einer Pause, »ich denke, das eilt nicht und für's Erste irren Sie sich auch – ich weiß Sie wohl zu verwenden, wenn auch für jetzt nur zum Speisen. Wenn Sie sich umkleiden wollen, Ihr Zimmer ist parat. In einer halben Stunde essen wir.« Er machte eine leichte Verbeugung und wandte sich zum Fenster zurück. Ich ging halb zornig, halb verblüfft, fand ein allerliebstes, bequemes Zimmer, kleidete mich um, ging zu Tisch und fand in ihm den liebenswürdigsten Wirth. Er erkundigte sich nach meinen bisherigen Dienstverhältnissen, nach meiner Familie, von der er mehrere Mitglieder früher gekannt, – nach dem Dienst in der bisherigen Garnison, nach alten Kameraden – kurz der Mann war wie ausgetauscht.

»Am Nachmittag bereits gab er mir zu thun und dabei war er wieder eiskalt und nur der Kommandeur. – Von abreisen war keine Rede mehr, ich war im Dienst. Und es ward besser von Tag zu Tag; ich merkte bald, daß ich bei ihm nicht übel stände, obgleich er anfangs viel mäkelte und krittelte, mir stets auf den Dienst paßte, mir oft einmal ein heiliges Donnerwetter an den Kopf warf, nie eigentlich sich ausdrücklich zufrieden erklärte, noch ein lobendes Wort sprach. Ruhe ließ er mir nie. Es kam vor, daß er mich mitten in der Nacht persönlich aus dem Bett holte, um einen Bericht zu machen, der gar nicht drängte. Denn obgleich er so zu sagen in Urlaub war, blieb er doch mit seinem Verwaltungsbezirk in genauer Verbindung, ordnete, bestimmte, befahl von Reuschwitz aus, empfing dort die Berichte. Und das alles hatte ich zu besorgen. Einen andern Adjutanten hatte er am Morgen meiner Ankunft mit einer Sendung fortgeschickt. Dazu kamen andere Lectionen bei Tisch, auf der Jagd, auf einem wilden Ritt. Kurz, ich merkte, daß er mich auf die Probe stellte, und sie war nicht gelinde. Aber ich dachte nicht mehr daran, ihn zu verlassen, denn auch ich war ihm bereits zu eigen. Worin diese Gewalt, dieser Zauber lag, weiß ich nicht auszudrücken. Vielleicht war es der durch und durch tüchtige, gewaltige Mensch, der überall durch die oft seltsamen, oft sogar wilden, stets rauhen Formen brach.

»Ich will Ihnen keine Geschichte jener Zeit erzählen,« fuhr der Steuerrath nach einer Pause fort und strich sich mit der Rechten langsam über Stirn und Augen. »Ich wurde auch nicht genug eingeweiht in das innerste und geheimste Treiben jener Tage, wo bekanntlich der Staat in der furchtbarsten, gefährlichsten Lage war und seine Existenz an einem Haare hing. Ich weiß nur, daß bei uns nicht das Gleichgültigste passirte und daß von diesen Districten aus mancherlei aufklärende Beiträge zu einer noch so vielfach unklaren Geschichte von 1807–1813 geliefert werden könnten. Ich merkte aber, daß der Oberst doch nicht umsonst und allein des Ausruhens wegen seinen Wirkungskreis verlassen. Wie ich bereits gesagt, ließ er nichts aus seiner Hand. Aber er und sein Treiben, sowie sein Verwaltungsbezirk ward natürlich während seiner Abwesenheit in Reuschwitz weniger beobachtet und er gewann zu mancherlei Vornahmen freiere Hand. »Ich mochte gegen drei Wochen auf dem Schloß gewesen sein, als die Anzeige kam, daß von der nächsten Festung, die von den Franzosen noch besetzt gehalten wurde, gegen die Einberufung der Krümper remonstrirt worden wäre. So hatte ich den Alten noch nicht gesehen, – er sprang mit einem Schrei der Wuth von seinem Stuhl und der Tisch brach ein unter seinem Faustschlag. »Und das muß ich mir bieten lassen von den Kanaillen!« schrie er auf. »Und hätt' ich freien Willen, so wäre in acht Tagen das Nest mein und die Diebe baumelten an den Landstraßenbäumen.« – Er stieß den zerbrochenen Tisch mit dem Fuß auf die Seite. »All die verfluchten Schreibereien!« sagte er mit einem ingrimmigen Blick auf die umherliegenden Papiere, die ich wieder zu ordnen suchte. Still ging er ein paarmal auf und ab, dictirte mir dann an einem andern Tisch eine Antwort: man möge den Franzosen sagen, daß man ihm die Anzeige gemacht, er sei zwar sehr leidend, werde aber in einigen Tagen zurückkehren und sich dann sogleich mit dem Herrn Festungskommandanten in Einvernehmen setzen; es scheine ein Mißverständniß geherrscht zu haben. Als wir damit die Stafette abgefertigt, hieß er mich augenblicklich zu einer Reise rüsten. Und als ich nach drei Stunden parat stand, empfing ich Depeschen und fuhr nach Berlin ab. Ueber den Inhalt erfuhr ich nichts; er vertraute mir noch nichts von seinen Gedanken an. Nur die mündliche Weisung erhielt ich, sobald wie möglich zurückzukehren. »Stein« – so hieß sein zweiter Adjutant, den er vor meiner Ankunft abgeschickt – »Stein kann dort bleiben und auch hierauf warten, wenn die edlen Herren einmal säumen wollen,« sagte er. »Sie kommen zurück, Rohr, Sie arbeiten rasch, wie ich's brauche.« Das war sein erstes Lob. – In dieser Scene haben Sie ihn – aufbrausend wie ein Wahnsinniger und seiner nicht mächtig, – eine Minute darauf die klarste Ruhe, der sicherste Blick, der feste bewußte Wille – ein wunderbarer Mensch.

»Vierzehn Tage darauf fuhr ich wieder auf den Hof – ich war nach Reuschwitz zurückbeordert – und brachte ihm auch die Antwort auf seine Depeschen. Er mocht' es wohl dringlich gemacht haben, denn ich war fast umgehend abgefertigt worden. Als ich vom Wagen sprang, trat mir ein hoher, schlanker, bildschöner, junger Mann entgegen, das Ebenbild des Alten, aber mit viel feineren Zügen und prachtvollen, dunkelblauen Augen – es war sein Sohn Eugen, der bisher drüben in Oesterreich zum Besuch bei Tante und Schwester gewesen. »Herr von Rohr?« fragte er mit wahrhafter Anmuth in Stimme und Bewegung. »Ich freue mich sehr, Sie kennen zu lernen. Der Vater spricht viel von Ihnen und ich freue mich auch, daß Sie da sind, denn er flucht vor Ungeduld.« – »Das thut mir leid,« meinte ich, »aber ich eilte so viel wie möglich.« – »Leid?« fragte er und setzte lachend hinzu: »Im Gegentheil, seien Sie zufrieden, denn er entbehrt Sie ja.« – So plauderten wir fort, da der Oberst über Land geritten war, und schon in dieser Stunde begannen die ersten Momente der Freundschaft, die uns bis an Eugens Tod vereinte. Man war damals schneller für und wider einander. Und er verband mit dem ganzen Zauber des Vaters auch noch den der liebenswürdigsten Formen, des freundlichsten, gutmüthigsten Wesens, der edelsten Männlichkeit. Er war damals, denk ich, ein oder zwei und zwanzig Jahre alt.

»Als der Oberst nicht lange darauf nach Hause kam, war er von einer zwar etwas mürrischen, dennoch wohl erkennbaren Freundlichkeit, fluchte etwas über mein »langes Ausbleiben,« fluchte noch mehr, als er die Antwort gelesen und meinen mündlichen Bericht gehört, und war darauf bei Tisch in der charmantesten Laune von der Welt. Auch in den folgenden Tagen war er viel ruhiger und gleichmäßiger als bisher, und ich merkte denn bald den Grund, zumal Eugen meine Ansicht bestätigte. Er selbst trieb zwar den Sohn hin und wider zu kleinen Reisen, fühlte sich dann aber in seiner Abwesenheit auf das Allerunbehaglichste, war in steter Sorge, in steter Aufregung und gerieth, sobald sich die auf Tag und Stunde bestimmte Rückkehr auch nur um die kürzeste Zeit verzögerte, in einen Zustand der Angst und des Zorns, der ihn in jene Tage zurückversetzte, wo er sich seinen Beinamen erworben, wo er geflohen und gestraft worden war wegen seiner unverzeihlichen und zuweilen unmenschlichen Streiche. So liebte er den Sohn bis zum sich selbst Verlieren, wenn ich so sagen darf. – Von der Tochter drüben ließ er sich jetzt zwar erzählen, aber seine Miene dabei war eine tief finstere, und sie wiederzusehen hatte er bei einer gelegentlichen schüchternen Bitte des Sohnes bald mit eisiger Kälte, bald mit heftigem Zorn abgeschlagen.

»Drei Tage nach meiner Ankunft reisten wir in seinen Verwaltungsbezirk ab, inspicirten auf einer Rundreise seine Brigade und nahmen dann endlich unsern festen Aufenthalt in G., wo er residirte. Da begann denn eine Thätigkeit, die uns oft genug die Tage zu kurz finden und uns wenig zur Ruhe kommen ließ. Ich lernte meine andern Kameraden kennen, wackere und lustige Gesellen, die über den Ernst unserer Zeit nie ihre Jugend und Leichtherzigkeit vergaßen. Unser Leben war das angenehmste, wir bildeten beinahe einen Familienkreis, und wo der Dienst nicht darunter litt, legte uns der Oberst niemals Schranken auf, animirte uns wohl bei Gelegenheit zu allerlei Ausgelassenheiten, freute sich sogar eines guten, wenn auch besser unterbliebenen wilden Streiches, und nahm hie und da auch selber theil an einem Mahl, bei Ritten und Jagden. Da zeigte er sich dann stets als unser aller Meister. Aber zu seinem Ruhm muß ich hinzufügen – seiner Stellung vergab er dabei nie das Geringste, nie geschah etwas, das ihn in unserer Achtung hätte heruntersetzen, unsern Respekt hätte vermindern können. Stets hatte er sich völlig in der Gewalt, und wehe dem, der sich jemals über die Linie hinauswagte, die er hart vor unsere gegenseitige Ungezwungenheit gezogen hatte. Und um so mehr mußte man die Kraft dieser Selbstbeherrschung bewundern, da man ja mußte, wie er in jüngern und in spätern noch freien Tagen sie aufzugeben gewohnt gewesen.

»Ich habe theils damals begriffen, theils auch später von ihm selbst erfahren, daß diese oft ein wenig ausgelassene Lebensart, die so ganz von der abstach, welcher man in andern Garnisonen und Kommandos folgte, durchaus berechnet war. Kein Mensch hielt uns eines rechten Ernstes, eines besonders planvollen Arbeitens und Wirkens für fähig; in »patriotischen« Kreisen zuckte man die Achseln über uns und verdammte uns aufs aller frommste; aber mit den Franzosen standen wir ausgezeichnet und wurden weniger belästigt und beachtet als alle übrigen Provinzen. Nicht wenig trug auch des Obersten eigener alter Ruf dazu bei. Wie hätte der »wilde Heide« intriguiren, geheime Pläne haben und betreiben können!

»Kam nun gar, was alle vierzehn Tage zu geschehen pflegte, Eugen auf zwei Tage zu uns herüber, so war die Lust und Fidelität im vollen Flor. Dann ward der Alte sogar im Gesicht zuweilen wahrhaft heiter und ließ häufig fünf grade sein; dann war immer eine Ausgelassenheit, ein Wort mehr erlaubt, dann wußte Stadt und Umgegend sich noch mehr von unsrem »Sündenleben« zu erzählen. Eugen selbst war dann der glücklichste von uns allen: mit Leib und Seele Soldat, fühlte er sich nur in unserm Kreise daheim und wohl, und hoffte noch immer, obschon immer vergeblich, daß der Vater ihm Erlaubniß geben werde, endlich in Dienst zu treten. Nur wenn er wieder in einer anscheinend milden, freundlichen Stunde eine Bitte gewagt und einen barschen oder gar heftigen Abschlag erhalten, – nur da zeigte er sich gedrückt und traurig. Der arme Bursch! Wie oft hat er mir den Arm auf die Schulter gelegt und gesagt: »du sollst sehn, Rohr, selbst wenn's zum Kriege käme, schlüg' er's mir ab, ihm zu folgen. Auf dem verfluchten Nest soll ich sitzen wie ein Wickelkind, wie ein Muttersöhnchen, vor jedem Lüftchen eingebündelt, Kohl pflanzen und Ochsen mästen und Schafe scheeren! O ich muß fluchen wie der Vater: so schlage der Herrgott alle siebzehn tausend Teufel todt! – Das kann nicht gehen, ich weiß und fühl' es; ich thu's nie, ich gehorche nicht und sollt' ich barfuß davonlaufen und als ärmster Tambour mitgehen. Und dann paß auf – dann gibt's ein furchtbares Etwas. Aber helfen kann ich nicht, mag's schlagen und treffen – ich will lieber von seiner Hand sterben als an meiner Scham vor Gott und Menschen.«»Wenn ich das so anhörte, wenn ich die Bestimmtheit seiner Worte, seines Glaubens empfand, ward mir ganz nachdenklich zu Muth. Ich habe immer die Ueberzeugung gehabt, daß es in der Seele des Menschen ein Vorausahnen gebe. Und hier war es mehr als das. Wer den Obersten, sein Wesen, seine Weise kannte, brauchte grade kein Prophet zu sein, um des Sohnes Ansicht für mehr als wahrscheinlich zu halten. Die Erlaubniß einzutreten erhielt er nie, das stand fest; und wenn er gegen den Willen des Alten mitging, so war allerdings auf eine Explosion der gefährlichsten Art zu rechnen. Bei diesem eisernen, tyrannischen, in der Aufregung gänzlich schranken- und rücksichtslosen, eigenmächtigen Charakter war ein Zuviel gar nicht anzunehmen. Da war nichts unmöglich.

»Und nachdem ich Ihnen, wenn ich eine Geschichte erzählte, in dem Bisherigen eine allerdings weitläufige, aber notwendige Exposition gegeben,« fuhr der Steuerrath jetzt fort, »komme ich nun zu den Begebenheiten, welche sich auf die von Ihnen in Anregung gebrachten Gerüchte beziehen und in die ich selbst tief genug verwickelt war.«

Als er eine Pause machte, ließen wir unsern Bemerkungen über das Gehörte freien Lauf. Der Charakter interessirte uns auch über die Maßen, denn er schien uns einer von denen zu sein, welchen man – leider oder glücklicherweise – nicht allzuoft im Leben begegnet; einer jener Charaktere, wie sie, – man weiß nicht, recht ob durch eine große Zeit erschaffen werden oder selbst die große Zeit machen. Da begann der alte Herr, der sich inzwischen einen frischen Schoppen Wein hatte geben lassen, seine weitere Erzählung. Und auch die Weise des Erzählers zog uns an. Man merkte augenblicklich, daß er nichts weniger als geübt in solchen Vorträgen war; allein es ergab sich daraus eine so ungeschminkte, klare, ruhige Darstellung, daß wir so gut wie er selbst von der Wahrheit des Mitgetheilten überzeugt waren. Das verstand sich alles von selbst, so wunderlich und unerhört es sonst auch hie und da sein mochte.

»Ich war bereits über ein Jahr bei ihm,« erzählte er weiter, »und, wenn irgend ein Mensch, in seinem vollen, beinah herzlichen Vertrauen. Seine Barschheit und Heftigkeit, seine oftmalige Gereiztheit war ich gewohnt und dagegen gleichgültig geworden, weil ich sie richtiger beurtheilen und auch die Palliative dagegen einigermaßen kennen gelernt hatte. Im Nothfall fand eine derbe, feste Antwort auch immer bei ihm ihre Stelle. Mit einem Wort, wir hatten uns an einander gewöhnt. Da erhielt ich eines schönen Tags meine Ernennung zum Premierlieutenant – wie ich wußte auf seine Vorstellung, – und zugleich meine Versetzung zu einem Jägerbataillon. Ich kämpfte mit mir, offen gestanden, keinen leichten Kampf, denn das Bataillon nahm an dem Feldzug gegen Rußland theil, und ich, wie jeder Soldat in meinen damaligen Jahren, sehnte mich nach Krieg. Zuletzt siegte jedoch das Gefühl der Liebe – denn die war es, meine

Herren, – zu dem »wilden Heiden«, und völlig entschlossen ging ich in sein Kabinet und legte ihm schweigend meine Papiere vor.

»Ich hatte einen seiner gewöhnlichen Wuthausbrüche vermuthet, auch gegen mich, und mich darauf vorbereitet, allein ich hatte mich getäuscht. Er saß am Schreibtisch. Als er meine Schriften gelesen, schob er sie sachte von sich, lehnte sich in seinen Stuhl zurück, wendete den Körper und das Gesicht über die Lehne zu mir, der ich an einem nahen andern Tisch stand, und sagte mit der ruhigsten Miene von der Welt: »ich gratulire, Herr Premierlieutenant. Wann gedenken der Herr von Rohr zu reisen?« – Ich war bestürzt; war das Ernst oder Sarkasmus? Stand ich anders bei ihm, als ich gedacht? Doch ich faßte mich schnell und ohne merkliche Pause erwiderte ich: »Gar nicht, Herr Oberst, wenn Sie mir erlauben, daß ich hier bleiben darf.« – »Ah!« machte er. Das war ein unbeschreiblicher Ton, den ich in dieser Weise nur von ihm gehört habe. Er wußte alles mögliche in die Silbe hineinzulegen, Freude, Verwunderung, Zorn, Verächtlichkeit, endlich eine für den Betreffenden oft wahrhaft grausame Gleichgültigkeit. Daran schien es mir diesmal ein wenig zu streifen, und tief verletzt entgegnete ich: »habe ich mich geirrt und bedürfen der Herr Oberst meine Dienste nicht mehr, so bitte ich allerdings um die Erlaubniß, so bald wie möglich meine Geschäfte abgeben und auf meinen neuen Posten eilen zu dürfen.« – Was ich zu hören erwartete, war: »können sich zum Teufel scheeren,« oder auch: »mit Vergnügen, mein Lieber,« – und ich war entschlossen, dann ohne ein weiteres Wort das Zimmer zu verlassen und ihn nicht wieder zu sehen. Doch ich hatte mich zum zweitenmal geirrt.

»Ohne sich in seiner bisherigen Stellung zu bewegen, ohne das Auge von mir zu wenden, dessen scharfer, finsterer Blick bohrend auf mir lag, sprach er: »hatten Sie wirklich im Sinne, Rohr, beim wilden Heiden auszuhalten?« – »So dacht' und wünscht' ich,« versetzte ich gereizt, »unter bewandten Umständen aber –«

»Erstand auf, ganz langsam, und ganz langsam trat er zu mir hin. »Hitzköpfiger Knabe,« sagte er und legte mir die Hand auf den Kopf, denn er war gut um Kopfeshöhe größer als ich, »hitzköpfiger Knabe, muß dich der wilde Heide Ruhe und Manier lehren? Da sieht's schlimm in der Welt aus, oder ich bin ein gut Theil besser, als ich selbst gedacht. Sie sind ein Narr,« fuhr er fort, und da er sah, daß ich darüber doch die Stirn runzelte, setzte er hinzu: »wenn Sie mich fordern wollen, stehe ich auch zu Dienst. Nun aber will ich ausreden. Sie sind ein Narr, sage ich, wie alle Ihres Alters. Ihr bildet euch ein, wenn ihr hier oder da zur ziemlichen Zufriedenheit gearbeitet, müßtet ihr unentbehrlich sein. Das ist keiner; jeder ist zu ersetzen, und, wenn Sie abgingen, würde ich schon jemand anders in Ihre Stelle finden, ob ich auch ein bischen Noth mit ihm hätte, bis er eingeschult wäre. Aber,« und sein Auge ward ordentlich milde, wie ich es selten gesehen, – »aber der alte Heide hat sich an den jungen Rohr gewöhnt, er vertraut ihm, er mag ihn, und das ist was andres. Ein Mensch ist für den andern nicht immer zu ersetzen. Und sehen Sie, Rohr, darum will der alte wilde Gesell den Hitzkopf gern behalten und es thut ihm wohl, daß er dort ähnliche Gedanken findet. Ich werde es mir als persönliche Gnade von Seiner Majestät ausbitten, daß Sie bei mir bleiben,« schloß er plötzlich wieder kalt und dienstmäßig. Ich hatte feuchte Augen, es war die härteste und beglückendste Lection, die ich bisher erhalten.

»Vierzehn Tage später sagte er kurz zu mir: »bewilligt, Sie bleiben hier.« Weiter ward nicht darüber geredet. Nachdem er aber im Anfang noch ein paar Tage kühl gegen mich gewesen, ward es wieder besser und immer besser von Tag zu Tag. Damals ward ich sein wirklicher Vertrauter und er führte mich in alle Geschäfte ein, die er sonst immer allein besorgt. Ich sollte aber auch bald eine Probe erhalten, wie sehr mir nicht nur mein Chef, sondern auch mein väterlicher Freund vertraute. Denn, eines Abends beorderte er mich zu seiner Begleitung auf eine kleine Reise, und ohne daß ich Weiteres erfahren, stiegen wir um zwei Uhr Nachts in den Wagen und fuhren ab. Es war gegen Ende September, wie ich noch weiß: wir hatten zwei oder drei Tage vorher die Nachricht vom Einzug in Moskau erhalten.

»Wir fuhren nach Böhmen zu seiner Schwester, der Gräfin Halberg. Was ihn jetzt plötzlich dazu bewog, die Schwester wiederzusehen, sein Kind kennen zu lernen, erfuhr ich nicht. Vermuthlich war es indessen die Ueberzeugung, daß er so oder so bald ins Feld müsse und vorher die Seinen doch noch einmal sehen wolle. Im letzten Augenblick war an kein Abkommen zu denken.

»Als wir am zweiten Tage Nachmittags vor das Schloß fuhren, war ein anderer Wagen im Abfahren begriffen und Graf und Gräfin standen vor der Thür. »Hat sich gut konservirt, die alte Frau,« meinte mein Alter, als er seine Schwester erblickte, die in der That noch eine imposante Erscheinung war. Sie sahen uns erwartungsvoll entgegen. Als der Wagen hielt, rief die Gräfin: »Mein Bruder Felix!« und stützte sich leichenblaß und zitternd auf die Schulter ihres Gemahls. Der Oberst sprang hinaus, trat auf sie zu, faßte ihre Hand: »guten Tag, Schwager, guten Tag, Schwester, bin's schon, der Felix, haben uns lange nicht gesehen.« – Sie richtete sich auf, sie zog ihre Hand zurück, ihre Stirn war glatt und die Augen kalt, »Hast du viel Noth mit den Wegen gehabt?« fragte sie auch mit eiskaltem Ton. »Wundern sollt' es mich nicht, du mußt sie ja vergessen haben.« – »Bah, Schwester, ziere dich nicht, schwatze nicht,« entgegnete er munter. »Weißt wohl, daß ich sie oft genug zu dir geritten und gefahren. Hatte dich ja so lieb, daß es den Schwager eifersüchtig machte. Nun?« – »Und du bist so lange von deiner Schwester fortgeblieben,« sagte sie noch immer in ihrer starren Haltung, aber ihr Ton bebte; »ich habe an dich zu denken gelernt wie an einen Todten, und nun soll ich dich noch lebend finden!« – Des Obersten Stirne runzelte sich, er schlug die Arme über den Rücken, das sichere Zeichen eines nahen Sturmes. »Wollen wir's so lassen? Wollen mir lieber tobt bleiben?« fragte er, – die Stimme war klar und rein in ihrer gewöhnlichen Tiefe, aber es war auch nicht ein Hauch mehr von Milde und Freundlichkeit darin.

»Die Dienerschaft hatte sich scheu zurückgezogen, der Wagen aber hielt noch hinter uns, wie wir ihn verlassen. Der Graf und ich standen dabei in ziemlich alberner Resignation; einmischen konnten wir uns nicht, und fort durften wir auch nicht. Es war eine wundersame Scene.

»Da sagte er mit wieder weicher Stimme: »Felicia!« – Und bevor er das Wort noch ausgesprochen, lagen ihre Arme um seinen Hals, sie stand an ihn geschmiegt, in seinen Armen, ihr Kopf hob sich zu dem seinen. »Mein stolzer, mein lieber, mein prächtiger, lieber alter Bruder!« sprach sie mit leuchtenden Augen, mit hinreißender Zärtlichkeit. Und wie er mit den Lippen ihre Haare flüchtig streifte und dann wieder sagte: »Felicia, mein Schwesterlieb!« – da schmiegte sie sich noch fester an ihn, da umfaßte er sie noch fester. Ich habe nie ein paar stolzere, schönere, edlere Menschengestalten gesehen, als dies Geschwisterpaar.

»Wir gingen endlich hinein. Mich stellte er mit den Worten vor: »Herr von Rohr, mein Adjutant, auch Kind im Hause, nicht ganz so gehorsam wie ein Sohn, aber sonst ein leidlicher Gesell. Genirt euch nicht, er gehört zum Hause.« – Dann nahm mich der Graf mit hinaus, um die Geschwister allein zu lassen. Er fragte mich nach dem Obersten, ich sprach, wenn auch immer einigermaßen vorsichtig, die volle Liebe und Bewunderung aus, von der ich für ihn voll war. »Wir haben von seinem Wirken gehört,« meinte er, »auch von seinem jetzt doch gemäßigten Treiben. Das letztere freut mich besonders, denn nur so war eine Wiedervereinigung möglich. Wozu verbergen, was landkundig ist? Er hat seiner Schwester durch seine damalige Barbarei beinah den Tod gegeben: sein späteres Leben, sein unmenschliches Benehmen gegen sein Kind und gegen die einzige Schwester, diese gänzliche Trennung hat ihr fast das Herz gebrochen. Ein paarmal wollte sie zu ihm oder an ihn schreiben: ich litt es nicht. Eugen ist ein braver, schmucker Cavalier, er ist lange nicht hier gewesen. Wie geht's mit dem Obersten? Hat er noch immer nicht die Erlaubniß, Soldat zu werden?«

»Ich berichtete so viel ich wußte; der Graf hörte mir zerstreut zu. »Ich bin in Sorgen,« sprach er endlich wie zur Entschuldigung: »was wird es mit Stephanien, mit seiner Tochter werden? Sie ist auf einige Tage zum Besuch bei einem unserer Nachbarn. Was will er eigentlich? Will er sie mit sich nehmen?« – »Er hat kein Wort über die Tochter geäußert,« gab ich zur Antwort. – »Gott verhüte solche Gedanken,« fuhr er fort. »Es ginge nicht gut ab; meine Frau läßt das Mädchen nicht fort. Sie hat auch wohl ein Recht dazu.«

»Als wir wieder hinein kamen, fanden wir die Geschwister in heiterer Stimmung, nur schien der Oberst unruhig, er ging im Zimmer mit großen Schritten auf und ab. Die Gräfin kam uns entgegen. »Mein Freund,« sagte sie zu ihrem Mann, »ich habe einen Wagen nach D. geschickt, Stephanien zu holen; Felix kann nur bis morgen Abend bleiben.« – »Wollen Sie das Mädchen mitnehmen?« fuhr der Graf heraus. – Der Oberst blieb stehen und sah seinen Schwager stolz an. »In der That, Graf, Sie haben einen seltsamen Glauben von meiner Narrheit. Wohin sollte ich mit ihr in meiner Stellung? – Uebrigens erkenne ich die Rechte meiner Schwester an: siebzehn Jahre geben solche. Das Mädchen zu sehen, wird mir wohl erlaubt sein. Ob ich sie wiedersehe, hängt davon ab, wie sie mir gefällt. Bei der

Entscheidung über ihr späteres Schicksal, wenn sie z.B. heirathet, behalte ich mir allerdings auch eine Stimme vor. Meine Schwester und ich werden uns aber schon einigen; wir hatten sonst wenigstens die gleichen Ansichten.« – Die Gräfin wandte sich mit ablenkenden Worten dazwischen, brachte die Rede auf Eugen, zog mich in's Gespräch. Ich erfuhr später von dem Obersten, daß er und der Graf sich nie hatten leiden können. Sie mochten beide Grund haben.

»Mittlerweile ward es Abend und wir gingen zu Tisch. Da, als wir beinahe abgegessen hatten, ward plötzlich die Thüre des Gemachs aufgerissen, ein junges Mädchen flog herein, so schnell, daß der Mantel oder ein dunkler großer Shawl, den sie getragen, rückwärts von ihren Schultern sank, wie eine schwere Wolke vom leichten Himmelsraum. Und Gott weiß, sie selbst tauchte himmelleicht und luftig draus hervor, fuhr auf die Gräfin zu, eine große, elfenleichte, palmenschlanke Gestalt, und ohne sich umzusehen rief sie: »Tante, was ist's? Ist's ein Unglück? Freunde da aus Preußen? Nachrichten von dem Papa, Tante? Der Franz wußte ja gar nichts!« – Ich sah nach dem Obersten; er saß ein wenig vornübergebeugt, die Fäuste auf das Tischtuch gestemmt, als habe er aufspringen wollen, wie erstarrt, mit unbeweglichen Augen, einem finstern Blick, und dabei Stirn und Wangen bedeckt von einer leichenhaften Blässe, die um so mehr erschreckte, da er sonst sehr roth zu sein pflegte.

»Die Gräfin hatte das Mädchen nach einem Kuß auf die Stirn mit sich aufgezogen und drehte sie gegen den Alten, dessen Augen mechanisch jeder ihrer Bewegungen folgten. »Stephanie, mein theures Kind – sieh dahin,« sprach die Tante mit einer kaum noch vernehmbaren Stimme, »sieh ihn dir an – wer, denkst du, ist das?« – Sie richtete sich auf – sie sah ihn an – man sah's jetzt, ihre Augen hatten eine wunderbare Aehnlichkeit mit denen des Vaters, obgleich sonst nicht ein Zug in ihrem Gesicht dem seinen glich. Da hob sie die Hände auf und preßte sie zusammen vor die Brust und sagte mit einem unbeschreiblichen, sicheren, triumphirenden, stolzen Ton ganz laut und langsam: »das ist mein Papa, so sieht keiner aus, als mein Papa!« Und da flog sie auch schon auf ihn zu, der kerzengrad vom Stuhl fuhr, und warf ihm die Arme um den Hals und legte – nein, warf auch den kleinen Kopf an seine Brust und jubelte: »Papa, goldener Papa, kommst du zu deiner wilden Heidin? Hast du mich lieb, Papa? Sie sagten mir, du könnt'st mich nicht leiden, aber das ist nicht wahr, es geht ja nicht, du kennst mich ja gar nicht! Und glaub' nur, ich bin auch gut, und ich will dich unmenschlich – o unmenschlich lieb haben!« Und dazwischen hob sie den Kopf und küßte, wohin ihre Lippen reichten, und sah ihn an mit blitzenden Augen, und legte den Kopf wieder an die Brust zurück.

»Und sie arbeitete diese Brust, als wollte sie zerspringen, er fuhr sich ein paarmal mit der Hand an die Kehle, als müsse er ersticken, aber seine Augen gingen nicht mit einem Blick von dem holdseligen Geschöpf da vor ihm. Aber als sie nun schwieg, da richtete er sich in seiner ganzen stolzen Höhe auf und hielt sie mit dem linken Arm umfaßt, um und um die schlanke Figur, und streckte über des sitzenden Grafen, Kopf der Schwester die Rechte hin und sprach: »Alle Donner Gottes, Schwester, ich muß wohl sagen wie sie: das ist mein Kind, so ist keine als mein eigenes Kind!« – Da brach das junge Wesen in leidenschaftliches Weinen aus.

»Aber nun hätten Sie ihn sehen sollen, wie er sie an sich nahm, sich niedersetzte, sie auf seinen Schooß zog, sie herzte und küßte, ihr die herzlichsten, die thöricht'sten Namen gab, sie streichelte und an sich preßte, das Köpfchen aufhob und ihr in die Augen sah. Und einmal nach einem solchen Blick wandte er die Augen mit fast schwermüthigem Lächeln zur Gräfin und sagte: »es ist Eugenie, wie sie mein Liebstes im Himmel und auf Erden war, wie sie leibt und lebt, – und als sie da vorhin herein kam, meint' ich ein Gespenst zu sehen. So ist sie die Mutter! Nur daß diese hier eine wilde Heidin ist, wie sie selbst sagt.« – Stephanie hatte inzwischen längst zu weinen aufgehört, sie lachte und jubelte und plauderte und gab die Zärtlichkeit des Alten mit Zinsen zurück. Und dazwischen jubelte sie auf: »Papa, was bist du schön!« oder »Papa, was bist du stolz!« und auch: »Papa, ich bin verliebt in dich, du bist aber zu prächtig!« – Und dann faßte sie mit beiden Händen seinen grauen Kopf mit zärtlicher Heftigkeit und legte ihre Stirn an seine, so ihm in die Augen zu sehen. Und dann fuhr sie wieder auf, zu der Tante, plauderte mit uns andern und sprang wieder zurück auf des Vaters Schooß. Etwas Lieblicheres und doch zugleich Wilderes hab ich nie gesehen.

»So ging es fort. Der Graf schien sich zu ärgern, er war still: auch die Gräfin sprach einmal mahnend: »aber Stephanie, Kind, ich kenne dich ja gar nicht so ausgelassen!« – Und da antwortete das glückliche Wesen lustig: »wie sollt'st du auch, Tante? Ich hab' ja noch nie einen Papa bei mir gehabt!« – Als wir uns endlich erhoben – denn mir waren bei alledem noch immer am Speisetisch geblieben – nahm der Oberst das schlanke, zierliche weiche Mädchen mit einem raschen Schwung wie ein Kind auf den Arm und ging so mit ihr durch's Zimmer. »Einmal muß ich dich doch auf den Armen tragen,« redete er dabei, »hab' dich ja niemals darauf gehabt, da es Zeit war.« – Und sie erwiderte: »thu's nur, Papa, es ist auch so warm und weich drin, und so sicher! Du glaubst gar nicht, wie gut das thut.« – Als er sie dann wieder hinabspringen ließ, stellte sie sich vor ihn hin, legte ihm die Hände auf die Schultern und sagte ernsthaft: »sieh, Papa, eigentlich ist es doch auch wieder gut, daß es grade so gekommen; du kriegst nun kein kleines dummes Kind, sondern ein großes Mädchen, das Ordre parirt und dich nicht mehr böse macht. Und dich – dich hab ich nun mit einemmal, funkelnagelneu, wie du bist, ganz und gar, und kann dich mit einemmal so unmenschlich lieb haben!«

»Ich könnte Ihnen bis morgen früh von all diesen Dingen erzählen,« fuhr Rohr nach einer Pause fort. »Trotz all des Kindischen war auch etwas Berauschendes, Bezauberndes ohne Gleichen in dieser Weise, in diesen Scenen, diesen Blicken und Worten. Als wir ziemlich spät in unser Schlafzimmer kamen – der Oberst hatte sich ein gemeinschaftliches erbeten, wie wir es stets auf unsern Reisen hatten, – setzte er sich wie zerbrochen auf einen Stuhl und sprach: »Gott's Sackerlot, was ist's für ein Kind! Ich bin wie kreuzlahm, so ist's mir in den Leib geschossen.« Und darauf plauderte er nicht mehr mit mir wie gewöhnlich, sondern machte sich schnell und schweigend in's Bett, löschte das Licht aus und wünschte mir kurz gute Nacht. Mir war das lieb, denn auch ich fühlte mich abgespannt.

»Am folgenden Tage fing es so wieder an, wie es Abends aufgehört. Es war ein aufreibendes Treiben, und als Stephanie einmal das Zimmer verlassen, bemerkte der Alte auch, es sei Zeit zur Reise, so halte er's nicht aus. »Die bringt mich sonst auch um's Leben, wie sie ihre Mutter darum gebracht hat,« meinte er in seinem rücksichtslosen Sarkasmus, der ihm, zumal in den letzten Jahren, zur andern Natur geworden und es für jeden fast unmöglich machte, mit ihm umzugehen, wenn man es nicht über sich vermochte, den Ausspruch als einen Einfall zu nehmen, der nur selten so ernst gemeint war, wie er klang. –»Bruder Felix,« sagte damals die Gräfin zürnend,»wenn das dein Kind hörte!« –»Sie hört's aber nicht,« gab er gut gelaunt zur Antwort,»obgleich sie auch nicht dran sterben würde. Denn die hat Leben in sich, um zwanzig umzubringen, sie ist ein ächter und rechter Zweig des alten Stammes. Hrrr – da kommt sie!« –

»Und als sie in's Zimmer trat – ihn ansah und aufzuckend zu ihm hinflog, sich auf seinen Schooß schmiegte – das war so liebreizend – das war so wild, beides! Und sie sprach zu ihm:»sieh, du wilder Papa, wenn du mich so ansiehst, sind deine Blicke wie Schlingen, sie ziehen mich heran, ob ich will oder nicht. Papa, du bist gefährlich!« – Er lachte.»Du bist eine wilde Katze. An dir ist ein Junge verdorben, und ein Adjutant für den wilden Heiden. So einen könnt' ich brauchen, und muß mich nun mit dem da herumschlagen,« fuhr er fort und deutete auf mich, der ich allerdings still genug war, denn was sollte ich dabei auch thun? –»Sieh ihn dir an, Kind, ist der so, wie du ihn dir als jungen Offizier und noch dazu bei mir gedacht hast? Er ist ein wahres Mädchen gegen dich!« – Sie ward roth, aber, sie lachte. Sie verstand den Wink auf meine Kosten freilich; allein bei dieser leichtherzigen, warmblütigen Natur blieb er ohne nachhaltige Wirkung. In ihrer bisherigen vornehmen, gesetzten Umgebung war sie vielleicht nie so hervorgetreten, kannte sich vielleicht selbst nicht so. Ein Vogel, der noch aus dem Nest ins Zimmer, ins Bauer kommt – was weiß der von der Freiheit? Aber wenn er einmal hinauskommt, in den Sonnenschein, in die Luft, da wogt in ihm auf, was bisher geschlummert, das eigenste Leben, da regt er die Flügel und hebt seinen Gesang und wirft sich rückhaltlos hinein in die Weite des Himmels.«

Wie der alte Herr jetzt eine Pause machte in seiner Erzählung, sahen wir bald ihn, bald einander schweigend und verwundert an. Denn wie lebhaft uns auch das vom ihm so lebendig, so warm Geschilderte berührte, noch mehr erfaßte uns seine eigene Weise dabei. Wer hätte das gedacht, das in ihm geahnt! Aber freilich, die sogenannte Menschenkenntniß und – Menschenbeurtheilung steht auf verzweifelt schwachen Füßen; es sieht doch keiner dem andern ab, was so recht in ihm steckt.

»Verzeihen Sie mir,« fuhr er jetzt fort. »Ich bin weitläufiger geworden als nöthig! allein die Erinnerung riß mich fort – es sind das gar zu liebliche Bilder, wie es deren in keinem Leben viele gibt. Nun will ich rascher fortfahren. Genug, so ging der Tag hin, aufreibend, und als wir Abends nach einer wahrhaft verzweiflungsvollen Scene endlich im Wagen saßen, sprach der Oberst stundenlang kein Wort. Nur einmal gegen Morgen fragte er: »was sagen Sie dazu, Rohr?« – Und ohne meine Antwort abzuwarten, fuhr er fort: »Donner Gottes, wenn sie das Wesen, diese Leidenschaft denn nun doch einmal von mir hat und ich in Proportion auch so gewesen bin, da trag' ich allerdings meinen Namen mit Unehren. Er reicht nicht hinan! – Na, hinkommen werd' ich für's Erste nicht wieder.«

»Allein er hatte bei dem Vorsatz nicht an sich gedacht, nicht an die Ungeberdigkeit seiner einmal wachgewordenen Leidenschaft, die ihn jetzt mit ihrer ganzen Gewalt für die spät gefundene Tochter durchlohte Er müsse sie sehr lieben, meinte er, um seinem Schaden nachzukommen. Wie viel Jahre habe er denn noch vor sich, und wie viele habe er verloren, als »ein alter Esel,« – da heiße es rasch lieben. – Und so jagten mir noch zweimal hin, einmal im November, dann zur Weihnacht, beidemale beinah wider die Pflicht, die ihm seine Stellung und die bereits tagende Zeit auferlegte. Allein daran kehrte er sich nicht; wo seine Leidenschaft in's Spiel kam, gingen alle Rücksichten zum Teufel. – Zur Weihnacht war auch Eugen mit uns dort. Wir wollten vier Tage bleiben, aber wir blieben nur drei: denn man erwartete am vierten Besuche aus der Nachbarschaft, und als der Oberst das erst spät erfahren, bedauerte er mit der unbefangensten Miene von der Welt, nicht dabei sein zu können. Das Gerücht, das uns hier zufällig zukam, daß die Russen bereits die preußische Grenze überschritten, zwang ihn zum Aufbruch, wie er behauptete. Als wir jedoch im Wagen saßen – Eugen blieb noch zurück – sagte er zu mir: »ich will den Teufel mich mit all den Narren herumquälen. Kenne sie von Alters her zur Genüge. Und Gesellschaften kann ich bei mir auch haben und lustigere, zum Donner!« Wir kamen nicht wieder hin; die damals beginnende Zeit erlaubte es nicht mehr, und selbst der Oberst mußte sich fügen, so schwer es uns auch ward.

»Uns,« wiederholte der Erzähler. Er fuhr sich mit der Hand über die Stirne. »Weßhalb sollte ich es verschweigen? Es ist ja so lange her und das Beste, was ich im Leben gethan und erlebt: ich hatte zu tief in Stephaniens Augen gesehen, in diese wunderbaren Augen, in denen neben der umschlingenden Allgewalt und Unwiderstehlichkeit der Blicke des Vaters noch der volle Zauber einer so holdseligen Weiblichkeit, eines so unbeschreiblichen, süßen und sanften Liebreizes lag, wie ich es nie wieder gesehen. Und so liebte ich sie denn, obgleich ich natürlich ihr das nicht gesagt. Dazu hatte ich weder Muth noch Gelegenheit gehabt. Weßhalb eigentlich keinen Muth, weiß ich nicht. Sie hatte nichts gethan, mich ein Nein fürchten zu lassen, obschon sie natürlicherweise mich auch nicht mit einem Wort, nicht mit einem Blick besonders ermuthigt hatte. Unser Stand war derselbe, ihr Vermögen, wenn sie nicht von der Tante erbte, ziemlich mäßig, da der Vater obendrein schlecht mit seinen Gütern gewirthschaftet, die durch die Kriegslasten so schon beinah ruinirt wurden. Dafür hatte ich aber jedenfalls meine Carriere, die, wenn nicht alles trog, gut werden mußte. Es sprach nichts zu meinen Ungunsten – und doch, ich fühlte mich alles, nur nicht hoffnungsvoll, wie es sonst doch sogar der Schüchternste und Aussichtsloseste zuweilen ist.

»Am Sylvestertage 1812 kam Eugen zurück und kehrte bei uns ein, um das Neujahr mit uns zu verleben. Wenn er indessen in der Laune verharrte, die er bei seiner Ankunft und dem bald folgenden Mahl zeigte, so hätte er ebensogut und besser davon bleiben können, denn so konnte er nur auch uns verstimmen. Der Alte war fidel und munter wie ein Wiesel, in seinem liebenswürdigsten Laune, ließ uns seine heut angelangte Beförderung zum General »begießen«, und merkte nichts, zumal der Sohn sich gegen ihn auch zusammennahm. Jedoch wir andern kannten ihn gar nicht so und sahen bald ihn, bald einander verwundert an. Da ich indessen seinen Geschmack kannte und nicht wenig neugierig war, machte ich mich von einer Partie mit den Kameraden los und ging nach Tisch, sobald ich irgend mich entfernen durfte, auf mein Zimmer. Er pflegte dann gern eine ruhige Stunde bei mir zuzubringen, seinen Kaffee zu trinken, mit mir zu plaudern; und er kam auch diesmal.

»Er setzte sich still in das Sopha und still blieb er dort sitzen, ohne auf meine fragenden Blicke zu achten, ohne auf einige gleichgültig hingeworfene Worte etwas zu entgegnen. Endlich, wie ich bereits zu einer directen Frage entschlossen war, erhob er seine Augen und mich ganz scharf fixirend, sagte er: »du bist verschlossen gegen mich; hast du mir nichts zu sagen?« – »Ich dir?« rief ich überrascht und hielt in meiner Zimmerpromenade an, »ich dir? In der That, Eugen! – Was meinst du?« – »Du liebst meine Schwester, Robert?« sprach er halb fragend, und seine Augen fixirten mich noch immer. Ich war so bestürzt, daß ich nicht zu antworten vermochte; denn es ist doch stark, wenn man plötzlich etwas ausgesprochen hört, das man bisher beinah vor sich selbst geheim hielt. Erst als er ernst fragte: »nun?« – faßte ich mich und versetzte: »das ist seltsam. Woher schließest du das?« – »Sei nicht thöricht,« redete er. »Sei der brave, ehrliche Junge, der du stets warst. Von mir hast du doch keinen Einspruch zu befürchten, und – offen gestanden – das Ding könnte eine mißliche Wendung nehmen, wenn es nicht ernsthaft und vorsichtig behandelt wird.« – »Aber um Gotteswillen,« gab ich immer bestürzter zur Antwort, »was bedeutet dies alles? Und *wenn* es so wäre, woher weißt du es?« – »Das geht dich nichts an,« entgegnete er. »Genug, daß ich es weiß und mit dir darüber reden will, weil mir um dein und Stephaniens Glück zu thun ist.«

»Eugen,« sagte ich nach einem Augenblick des Nachdenkens, »spiele kein unfreundlich Spiel mit mir. Ja, ich liebe deine Schwester. Aber es *kann* das kein Mensch auf der Welt wissen, denn ich habe es niemand gesagt. Und so muß mir darum zu thun sein, deine Quelle zu erfahren. Ich muß das wissen und du mußt das einsehen.« – »Ei nun, mein Herr Muß,« erwiderte er mit einem leisen Lächeln, »und wenn ich es nun von Stephanien selbst wüßte?« – »Von Stephanien? – Unmöglich!« rief ich ungläubig. – »Und doch ist es so, Herr Zweifler,« sprach er jetzt mit wirklichem Lachen. Allein gleich darauf war sein Gesicht wieder ernst und ernst fuhr er auch fort: »ich will offen sein; ich weiß es nicht von ihr selbst, aber von – Karoline Sandowski,« setzte er zögernd hinzu, »gegen die sie es ausgesprochen, mit der sie davon geredet hat.« – »Und sie selbst – Stephanie?« rief ich athemlos vor Aufregung, »wie denkt *sie* darüber? Wenn sie es gemerkt – wie hat sie's aufgenommen? War es möglich, daß sie es –«. »Sei ruhig,« unterbrach er mich. »Von ihrer Seite, weiß ich, hast du nichts zu befürchten.« – Ich weiß nicht, was ich sagte oder that, aber allzu gesetzt und leise wird es nicht gewesen sein. Dann bestürmte ich ihn mit einer Unmasse von Fragen und Ausrufungen, erfuhr jedoch wenig mehr als das Bisherige, und endlich, da ich wieder gefaßter worden und zu denken vermochte, kam mir denn auch das wieder in den Kopf, was bei der Sache mir noch nicht klar war, und ich sagte: »höre, Eugen, nun sei auch du ehrlich; wie stehst du so genau mit Karoline Sandowski, daß sie dergleichen gegen dich ausspricht?«

»Das war's, was ich fürchtete,« versetzte er, nickte leise mit dem Kopf vor sich hin und schwieg dann, bis er nach einigen Minuten aufstand und ein paarmal durch's Zimmer ging. Zuletzt blieb er vor mir stehen, legte mir die Hände auf die Schultern und sprach langsam: »es ist die Stunde der Confessionen. Ich habe Karoline längst lieb gehabt; im Herbst ist es zwischen uns zur Sprache gekommen und wir sind einig.« – »Nun denn, in Gottesnamen, was ist's denn?«

rief ich froh. »Ich dachte wunder, was du Schweres hättest, und da ist ja alles Licht! Dein Vater wird glücklich sein, er fesselt dich ja dadurch an das Friedensleben und die Familie –«. – »Still!« unterbrach er mich finster und kurz. »Man mag mich in dem Hause nicht, man hat was gegen mich – was, ahne ich nicht. Hierin sind die Eltern eines Sinnes, obgleich sie sonst, wie du wohl gehört hast, grade nicht sehr einträchtig leben, sondern jeder seine eigenen Wege gehen. Der Graf ist beinahe unartig gegen mich; die Mutter wechselt in jüngster Zeit nie mehr als die nothwendigsten Worte mit mir und sucht eifrig von mir loszukommen. Das ist etwa, seit Karoline einmal leise auf mich hingedeutet; die Mutter ist dabei so bewegt worden, daß sie einer Ohnmacht nahe gewesen, und hat dann der Tochter in der höchsten Aufregung gesagt, sie möge nie an mich denken, jeder andere als der gleichgültigste Bekanntschaftsverkehr sei zwischen uns unmöglich und werde nie von den Eltern zugegeben werden. Seitdem kann ich ihr auch nur auf das Flüchtigste und Versteckteste nahen. Ich habe sie indessen im Herbst und jetzt ein paarmal heimlich im Park gesprochen.«

Er ging auf und ab. »Das verstehe ich nicht,« sagte ich kopfschüttelnd. – »Ich auch nicht,« meinte er und blieb wieder vor mir stehen. »Und noch mehr,« fuhr er fort. »Als ich neulich zufällig ein Wort über Karoline fallen ließ, das wärmer als gewöhnlich sein mochte – der Teufel vermag sich stets zu beherrschen! – da schien die Tante ordentlich zu erschrecken, so sehr sie sich auch zusammennahm, und bemerkte dann: »Will's Gott, hast du dort keine Absichten, Eugen. Sie würden nie zu realisiren sein, glaube ich.« – »Ich habe keine,« erwiderte ich. »Aber warum wäre da nichts für mich zu hoffen, Tante?« – »Die Eltern sind gänzlich gegen dich: sie haben über Karoline schon seit ihrer frühesten Jugend bestimmt für den jungen H., und davon gehen sie niemals ab. Auch Karoline scheint damit sehr wohl zufrieden. Also, Eugen – denkst du auch gewiß nicht daran?« – »Gewiß nicht, Tante, allein ich begreife Ihren Eifer gar nicht.« – »Ich eifrig?« lachte sie gezwungen. »Aber mein Gott, liebes Kind, du würdest mich innig dauern, denn du hättest nur Leid von solchen Gefühlen. Das ist's.« – Von dem Plan mit H. weiß ich zwar, aber ich weiß auch längst, daß Karoline ihn nichts weniger als angenehm findet, und er selbst gleichfalls andere Wege geht. – Und nun, Robert,« schloß er, »ist das nicht zum Närrischwerden, zum Verzweifeln?« – »In der That höchst seltsam und unbegreiflich, wenn du richtig gesehen hast,« bemerkte ich.

»Am Abend vor dem Gespräch mit der Tante hatte ich Karolinen gesehen und von deiner und Stephaniens Liebe erfahren,« erzählte er mir weiter. »Ich nahm davon Veranlassung, die Tante über meine Schwester auszuhorchen. Sie hat richtig schon ihren Plan und will hoch mit dem Kinde hinaus; in Prag, wohin sie demnächst auf zwei Monate gehen, soll das gemacht werden. Verzage nicht,« fuhr er herzlich fort und drückte meine Hand, da er mich halb bestürzt, halb traurig sah, »das Kind ist dir gut, ich bin für dich, wie du weißt. Der Vater wird auch nichts dagegen haben, du stehst ja wunderbar fest bei ihm. Es gilt nur, Stephanien ein offenes Wort von dir zu sagen, an dem sie sich halten kann, – und bei dem Alten die richtige Stelle zu, treffen, und beides, wenn du damit einverstanden bist, will ich auf mich nehmen.« – Er ging wieder auf und ab, als ränge er mit einem Entschluß, und als er dann vor mir stehen blieb, sprach er: »Aber Dienst um Dienst, Robert: du übernimmst dafür meine Angelegenheit zu führen. Versteh' mich recht – du sollst es dem Vater beibringen und mußt dazu eine günstige Stunde ergreifen, die du wohl finden wirst. Er liebt ja neuerdings die Oesterreicher nicht und wird also Einwendungen und abschlägige Flüche haben. Allein du kannst ihm sagen,« setzte er mit bitterem Lächeln hinzu, »ich opfere ihm dafür meinen Wunsch, Soldat zu werden. Wenn der Vater ja oder nur nicht nein sagt, dann habe ich das Mädchen. Die ganze übrige Welt kümmert mich so viel.« –

»Ich sagte ihm natürlich alles zu, was er wünschte, und darauf kamen wir in ein nicht ruhigeres, aber für uns beglückenderes Gespräch über die beiden Mädchen, die wir liebten, über alle Verhältnisse. Das gehört nicht hieher. Nur Eins muß ich anführen. Da wir noch immer über die Abneigung grübelten, welche die Sandowski's gegen Eugen zur Schau trugen, und alle möglichen Gründe durchriethen, sagte er wieder finster: »Ich habe Gott weiß was alles zusammengedacht, allein und mit Karolinen. Und Eins hab' ich gedacht – ganz flüchtig – es zog wie ein Schatten gespensterhaft durch meine Seele, aber schon da war es zum Wahnsinnigwerden! Wenn – mein Vater jemals in dem Hause bekannt gewesen – wenn er meiner Mutter jemals untreu geworden – oh Satan!« unterbrach er sich selbst und sprang vom Sopha und schlug sich die Hände vor's Gesicht, »es ist um sich die Kugel vor den Kopf zu schießen, wenn man bloß daran denkt!«

»Ich mag auch blaß geworden sein; es war ja ein Gedanke, der die Seele lähmen konnte. Doch faßte ich mich und meinte: »Du bist nicht gescheut, Eugen. Wer wollte sich solche romantische Narrheiten in den Kopf setzen und sich damit todt quälen.« – »Gott sei Dank, nein, ich bin nicht gescheut,« entgegnete er wieder mit seinem ruhigen, klaren Blick. »Denn Sandowski's wohnen erst seit etwa fünfzehn Jahren hier, wo der Alte also nie mehr dorthin kam: früher lebten sie drüben in Niederösterreich, glaub' ich, auf andern Besitzungen, oder war der Graf damals noch Soldat? Und übrigens kennt der Vater sie gar nicht! es ward neulich bei der Tante ja auch von ihnen geredet, und da – das sah ich – blieb er ganz gleichgültig.« – »Wie bist du denn nur auf so wahnsinnige Gedanken gerathen?« fragte ich. – »Wodurch?« versetzte er. »Durch die thörichte Weise der Tante und – was denkt und grübelt der Mensch nicht, wenn er einmal in's Grübeln kommt und nicht glücklich ist!«

»Nun, meine Herren,« fuhr Rohr nach einer Pause fort, die keiner von uns zu unterbrechen gewagt, – denn es gibt Dinge, Gedanken, Gefühle, die, wie wenig sie uns persönlich betreffen, doch den Menschen in uns stets von neuem auf das gewaltigste berühren – »nun, meine Herren, Eugen reiste am zweiten Januar wieder ab, ohne mit dem General meinetwegen gesprochen zu haben. Wir hatten abgemacht, daß ich zuerst von ihm reden sollte, sobald sich eine Gelegenheit dazu ergebe. Die verzögerte sich jedoch. Die ersten beiden Tage war der alte wilde Herr wie gewöhnlich bei Eugens Abreise in der übelsten, unbehaglichsten Laune, und in der Nacht vom dritten auf den vierten Januar kam das erste Gerücht von Yorks Konvention bei Tauroggen zu uns. Wie das damals wirkte, können Sie sich denken. Sogar den General habe ich damals in seiner Freude nicht fluchen, sondern einmal sagen hören: »Na, dem Herrgott sei getrommelt und gepfiffen! Nun kann's werden; sie *müssen* jetzt aus ihrem Bau heraus!« Für den Augenblick schwieg jedes persönliche Interesse. Keiner dachte an sich selbst.

Als die Gerüchte immer gedrängter kamen und zuletzt zur festen Thatsache wurden, ward der General heiterer von Tag zu Tag, in den geringsten Geschäften zeigte sich ein gewisser geistiger

Schwung, eine höhere Auffassung, eine leichtere Behandlung, es machte sich alles wie von selbst. Und daneben galt es, jetzt erst recht vorsichtig zu sein, nichts zu übereilen. Er kam dem allem auf das beste nach: aber nur im vertrautesten Kreise sprach er sich offen aus, seine Ansichten, seine Hoffnungen, seine Befürchtungen. Im größeren Kreise, gegen die Behörden stand er plötzlich in einer eigenthümlich stolzen und festen und doch freundlich höflichen Ruhe, wie ich sie nie in ihm geahnt. Er flößte mir immer mehr Bewunderung ein.

»Da eines Morgens, als wir beide allein im Bureau waren, sagte er im Auf- und Niederschreiten: »Der Herrgott gebe, daß es was wird und daß der König sich endlich entschließt. Aber wenn's losgeht, Rohr – wohin bring' ich, wie sichere ich mir den tollköpfigen Jungen, daß er nicht mitgeht?« – Da war denn meine Gelegenheit. »Ich glaube, Herr General,« versetzte ich, »Sie können ihm eine Fessel finden. Er scheint nachzugeben – er ist verliebt.« – »Ah!« Und diesmal war der seltsame Laut in seiner ganzen Eigenthümlichkeit da; es war ein so überwältigend lustiger Spott darin, daß ich trotz alles Ernstes der Situation unwillkürlich lachen mußte. »Na, Rohr,« sprach er dann, gleichfalls das Gesicht zum Lachen verzogen, »etwas Phantasie trau' ich Ihnen zu, aber das ist stark!« – »Herr General,« antwortete ich, »es ist keine Phantasie, sondern ein Factum.« – »Hat er es Ihnen vielleicht gesagt?« fragte er. – »Ja, Herr General.« – »Und in vollem Ernst, Rohr?« – »Ja, Herr General.« – »Ei, sehe bloß Einer an,« sagte er lustig, »was nicht alles aus dem Menschen werden kann! Kommt mein jüngferlicher Sohn auf so grausame Menschlichkeiten! Donnerwetter, macht mich das froh! Hatte schon ganz auf so was verzichtet. Nun denn, heraus damit in's Teufels Namen, wer ist die Flamme, die dies ehrbare Herz in Brand gesteckt?«

»Herr General,« redete ich befangen, »er hat mich halb und halb damit beauftragt, die Sache bei Ihnen zu führen. Weßhalb er nicht selber sprach, vermag ich nicht einzusehen.« – »Ah!« unterbrach er mich. – »Es müßte denn sein,« fuhr ich fort, »weil sich der Sache manche Hindernisse in den Weg zu stellen scheinen, die ihn selbst niederdrücken und scheu machen.« – Er sah mich eine Sekunde prüfend an. »Dacht ich's doch,« meinte er dann mit einem ein wenig verächtlichen Ton; »ich liebe den Jungen und es ist ein prächtiger

Junge, aber Herz für so was hat er nicht, dabei kommt nichts als dumme Streiche heraus. Hat sich also da verplempert! Daraus wird nichts. Arm kann sie sein, aber aus gutem Hause muß sie auch sein, wenn sie auch keine sechzehn Ahnen hat. Das ist nicht anders.« – »Ei,« erwiderte ich, »das ist sie auch und zwar, so viel ich weiß, aus einem sehr guten Hause. Allein die Eltern widersetzen sich.« – Er warf den martialischen Kopf auf und streckte sich in seiner ganzen Höhe. »Nun, beim Teufel,« sprach er mit stolz funkelndem Blick, »das wäre kurios! Ich dächte, mein Junge wär' ein Mann wie einer, und der Freiherr von der Heide überall gut genug, selbst wenn's eine Prinzessin wäre. Wer ist's?«

»Es ist die Tochter des Grafen Sandowski auf D.,« sagte ich gespannt. – Sein Mund zuckte ein wenig. »Wie sagten Sie?« fragte er. Ich wiederholte meine Worte. »Es gibt der Sandowski manche,« bemerkte er, »wo hat er sie kennen gelernt? Wo wohnen sie?« – »Bei Ihrer Frau Schwester,« entgegnete ich, »D. liegt dort ganz nahe, so viel ich weiß.« – »Dummes Zeug,« sprach er ärgerlich, »da wohnen ja keine Sandowski's – ich weiß nicht, wem das Gut gehört, es wurde verwaltet.« – »Sie sind erst seit einigen Jahren von Niederösterreich, glaub' ich, dahingezogen,« war meine neue Erwiderung. – Diesmal zuckte es sichtbar durch sein Gesicht. »Von Niederösterreich? Und die Eltern sind ihm entgegen? Sind mehr Kinder da? Wie alt ist die Tochter?« fragte er hastig. – »Ob mehr Kinder da sind, hat Eugen mir nicht gesagt, die Comtesse – sie heißt Karoline, wird, denke ich, etwa achtzehn oder neunzehn Jahre zählen. Sie ist die Freundin Ihrer Fräulein Tochter.« Ich konnte nicht sehen, wie er dazu aussah, denn er hatte sich abgewendet und schaute aus dem Fenster. Nur wiederholte er langsam und gedankenvoll, wie mir es schien: »Achtzehn Jahr'! – Muß mich weiter erkundigen,« setzte er nach einer Pause hinzu.

»Herr General,« sagte ich, und mir war unbeschreiblich zu Muth, scheu, befangen, angsthaft, »nicht nur die Eltern widersetzen sich Ihrem Sohn, auch die Frau Gräfin Halberg hat ihn eifrig von jedem Gedanken dahin abgemahnt.« – Da wandte er sich langsam zu mir herum, sah mich an mit einem tief glühenden Blick – es war, als ob der Blick aus der tiefsten Tiefe seines vulkanischen Innern hervorbreche – und sprach auch langsam, Wort für Wort: »Da – brauche ich mich allerdings nicht zu erkundigen. Es ist aus. Das Ding ist unmöglich. – Un – möglich!« setzte er noch einmal hinzu.

»Herr General,« sagte ich wieder, – denn ich war die gänzliche Aufklärung dem Freunde schuldig, – und ich gesteh's, das Herz zuckte und die Glieder zitterten mir vor Aufregung, »Herr General, Eugen sprach mir von einem wahrhaft furchtbaren Gedanken, der ihm bei diesem unerklärlichen Widerstande der Eltern, der Tante gekommen. Er meinte, wenn er wüßte, daß Sie jemals in der Familie bekannt gewesen – nicht wahr, Herr General, das ist es wenigstens nicht?« fügte ich in wahrhafter Todesangst bei, obgleich ich das Gegentheil schon wußte, denn der furchtbare Ausdruck seines Gesichts war nicht mißzuverstehen. So sah er mich noch einen Augenblick an, ohne ein Wort; dann schlug er sich mit der Faust vor die Stirn und wandte sich ab.

»Sollte ich bleiben oder gehen? Gehen – er schien mir in einer Stimmung zu sein, die ihn das Leben kosten konnte. Bleiben – aber was konnte ich nützen? Durfte ich es überhaupt wagen? – Ich ging und grübelte in Verzweiflung über den Brief, den ich, meinem gegebenen Wort gemäß, an Eugen schreiben sollte und nicht zu schreiben wußte. Aber nach einer halben Stunde bereits ward ich zum General beschieden. Er war starr und kalt. »Ich habe eben eine Stafette geschickt, Relais parat zu halten,« sprach er. »Benachrichtigen Sie den Oberstlieutenant Görne, daß Sie und ich bis übermorgen nach Reuschwitz gehen: setzen Sie ihn von dem Laufenden in Kenntniß. In drei Stunden geht's fort. Sie kommen doch mit mir, Rohr?« – »Bis in den Tod, Herr General,« versetzte ich. – »Wenn's nur das wäre!« murmelte er und entließ mich. Ich vermochte kaum, seinem Auftrage nachzukommen. Das Furchtbare lähmte mir Körper und Geist, die letzten Worte des eisernen Mannes brachen mir das Herz. Und wenn ich erst an Reuschwitz dachte!

»Wenn man Relais hatte und die Pferde nicht schonte, konnte man allerdings die zwanzig Meilen in acht bis neun Stunden reiten, und so thaten wir diesmal. Da merkt' ich wieder die Riesennatur des Alten. Ich war halb todt, er stieg vom Pferde, als sei nichts Besonderes geschehen, fragte, ob Eugen daheim sei, schickte ihm, da er zu einem Nachbarn hinüber geritten war, einen Boten nach und ging inzwischen im Zimmer rastlos auf und nieder. Als wir den Zurückkehrenden über den Hof reiten hörten, ging der Alte in des Sohnes Zimmer und ließ durch einen Diener Eugen sogleich dahin weisen. Es mochte zehn Uhr Abends sein, als sie dort zusammen kamen. Ich hielt mich aus einer gewissen Angst in der Nähe; aber es drang nicht ein Laut zu mir durch Thür und Wände.

»Mitternacht war bereits vorüber, als der General wieder herauskam in starrer, fester Haltung, die scharfen Querfalten auf der Stirne wie erstarrt in Härte und Trotz, den Mund zusammengepreßt. Wie er meinen bittenden, fragenden Blick bemerkte, sagte er: »Es ist in Ordnung, der wackere Knabe hat sich gefaßt und es ertragen wie ein Mann. Mein wackerer – edler Junge!« – Dann hieß er mich ihm folgen und in seinem Zimmer stellte er sich fest vor mich hin, legte die Arme über den Rücken und seine Blicke, wenn ich so sagen darf, mit einer solchen Finsterkeit auf mich, daß mir bei dem Dinge gar nicht wohl zu Muth ward. »Sie haben meinen Knaben lieb,« sprach er endlich. »Allein er verdient es auch. Er hat Ihnen heut in seiner Noth einen Dienst erwiesen, den kaum Einer außer ihm zu leisten vermocht. – Sie lieben meine Tochter, Herr von Rohr?« Ich fuhr zusammen; ohne mich zu schämen, gestehe ich, daß in dem unendlichen Leid dieses Tages meiner eigenen Gefühle von mir nicht gedacht worden war. »Na, lassen Sie den Kopf nicht hängen,« fuhr er fort. »Da durch meine Schuld ein paar Menschen elend werden, will ich kein zweites Paar dazu haben. Sie wissen, ich habe Sie lieb, Rohr, wie der alte Heide es versteht. Aber ob ich dazu so ohne Weiteres ja gesagt, weiß ich nicht. Gehen Sie hin und danken Sie Eugen: er hat Ihre Sache gewonnen. Wenn das Mädchen so will, hab' ich nichts dawider.«

»Mein Gefühl übermannte mich, die Thränen drangen mir in die Augen. In solcher Stunde, in solchem Leid hatte er meiner gedacht! – Der General verstand mich. »Ja,« meinte er, »es ist auch mein Junge, ein Knabe so edel und brav, wie ich alter Sünder ihn nicht verdient habe. – Er wird die Mittheilung Ihrer Angelegenheit an Stephanie übernehmen,« sprach er weiter. »Sie können morgen ein paar Worte schreiben und einlegen. Aber seid vorsichtig! Die Tante muß geschont werden, sie hat ihre Rechte, und das wird noch ein schwerer Kampf werden. Und nun, gute Nacht, mein Sohn,« schloß er herzlich. »Gehen Sie hin und schlafen Sie aus. Lassen Sie Eugen und mich. Wir haben's am besten jeder für sich allein.« – Ich ging, denken Sie selbst in welcher Stimmung: ich habe mich nie so seltsam gefühlt, so traurig und so voll Jubel.

»Erst am folgenden Mittage traf ich bei einem Gange durch den Park auf Eugen; er war anscheinend ruhig und gefaßt. Mit einem milden Lächeln reichte er mir die Hand, drückte die meine und sagte: »Glück zu, Freund! Hast du geschrieben, so gib es mir vor eurer Abreise, ich will heut Abend noch den Brief an die Schwester schließen und werde ihr eine baldige Antwort an's Herz legen. Warten ist hart und Wartenlassen grausam. Du brauchst aber nicht zu sorgen, du glücklicher Mensch!« – Dann zog er meinen Arm durch den seinen und schritt mit mir den Buchengang entlang, der zum Fluß führte. Dabei sprach er über allerlei, wie sonst, erkundigte sich nach Bureau- und Garnisonsneuigkeiten und was dergleichen mehr war. Ich konnte das nicht langer aushalten und blieb stehen. »Höre, Eugen,« sprach ich bittend, »sei nicht so kalt und schroff gegen dich selbst. Rede mit mir. Ich könnte zu dir wie ein Kind zum Vater sagen: bitte, bitte!«

»Es fuhr wie ein leichter Flor über sein schönes, jetzt aber ein wenig abgespanntes Gesicht; er schüttelte leise den Kopf und indem er weiter ging, versetzte er: »laß es gut sein, Rohr. Was soll ich mit dir darüber reden? Wir haben es ja neulich schon vorahnend durchgesprochen; das bleibt nun am besten, wie es ist, – vorbei.« – »Du gehst nicht hinüber?« fragte ich. – Er schüttelte wieder den Kopf. »Nein, wozu auch? Die Romanschreiber mögen so was sehr charmant beschreiben, erhabene Gefühle, herzbrechende Scenen daraus abzeichnen. Ich – treffe es hier im Leben anders. Ein Begegnen mit ihr würde ich nicht vermeiden können, ohne ihr das Herz zu brechen. Eine Zusammenkunft, ein Abschied könnte auch nur zu demselben Ende führen. Man streift dergleichen Gefühle nicht ab und geht nicht zu andern über, wie man ein Kleid auszieht und ein anderes anlegt. Und Rohr – sollte ich hiervon sagen? Sollte ich in ihr

Leben neben der Entsagung noch das Elend bringen, da verachten zu müssen, wo sie bisher geachtet und geliebt? – Es bleibt nur Eins übrig,« fuhr er fort, anscheinend ebenso gefaßt, aber ich merkte doch, wie seine Kraft dabei schwach ward – die Stimme bebte und auch die Lippen zitterten: »es bleibt nur Eins. Ich verschwinde vor ihr. Sie mag sich von mir für vergessen, verlassen halten. Man wird leichter mit einem Menschen fertig, wenn man ihn schlecht, treulos, des Schmerzes, des Andenkens nicht werth glaubt. Sei es so. Ich kann zu dem Uebrigen auch das noch nehmen, es geht in Einem hin. Sie hat es doch leichter. Aber –« er blieb stehen und warf das Gesicht mit einem Lächeln zur Höh, das seine Züge auf das furchtbarste verzerrte, ich weiß nicht, war es mehr Hohn oder mehr Verzweiflung, oder beides in gleichem Maße. »Aber – ich –«. Er brach ab und ging wieder weiter. »Wüßt' ich nur recht – furchtbar viel zu thun!« sprach er nach einigen Schritten, »so daß ich drunter zusammenbräche, – denn brechen würde ich doch nicht, aber ich würde über das eine des andern weniger denken können. Und Gott gebe, daß wir den Krieg erhalten. Das war's! Kommt er nicht bald, so geh ich auf und davon, dahin, wo es donnert.« – »Das wirst du dem General nicht zu leide thun,« bemerkte ich ernst dazwischen. – Er sah mich überrascht, mit einem seltsamen Blick an. »In der That!« sagte er bitter, und setzte dann hinzu: »was das zu leide thun betrifft, das, denke ich, lassen wir ruhen. Es ist wett. – Und nun zu dir und Stephanien, das ist ein besserer Stoff: daran kann man sich doch noch freuen.«

»Das war unser Gespräch, das Weitere gehört nicht hieher. Um Abend brachen wir, der General und ich, auf und waren am Morgen wieder in G. – Der Alte war kalt und starr wie Eis, unnahbar für jedermann, selbst mit mir sprach er nur Dienstliches und auf das aller kürzeste. Und wo er einmal auf Widerstand traf, auf – wie er es nannte: Faulheit, da brauste er in einem Zorn, in einer Heftigkeit und Rücksichtslosigkeit auf, die ich beinah seit einem Jahr, und zumal seit er die Tochter wiedergefunden, nicht mehr so an ihm bemerkt hatte. Damals ward mir ein Grundzug dieses eigenthümlichen Charakters klar. Je nachdem er mit sich selbst zufrieden war oder sich im Unrecht, in einer Schuld wußte, ward er, ohne es selbst zu wissen, milde oder rauh; und seine Natur war eine viel zu ursprüngliche, eine viel zu gewaltige und gewaltsame, als daß er ihre

Ausbrüche und Erscheinungen durch Verstand hätte zügeln können; im Gegentheil ging die Natur mit dem Verstande davon.

»Wie die Angelegenheit, die jetzt sein und seines Sohnes Leben bewegte und ruinirte, sich eigentlich gemacht, wie das so gekommen und von ihm so gänzlich hatte vergessen werden können, darüber habe ich theils wenig erfahren, theils wenig zu sagen. Er hatte die Familie in einem Bade kennen lernen und wie oft – auch hier keinen Widerstand gegen seine siegreiche Persönlichkeit gefunden. Freilich hatte die Sache diesmal keinen so stillen und gleichgültigen Verlauf genommen wie bei den meisten seiner andern Verbindungen. Im Gegentheil ward eine Trennung jener Ehe nur durch ganz besondere Rücksichten mit Mühe verhütet, ein Duell hatte im Geheimen stattgefunden. Allein das alles war nichts, was in seinem Leben alleingestanden, und nichts, an das er sich besonders hätte erinnern müssen. Darauf verschwand die Familie und er spürte ihr nicht nach; seine Frau starb, die folgenden wilden Jahre nahmen ihn ganz ein, er hörte nichts von der Schwester, von Böhmen; und wo er wirklich den Namen einmal gehört, fiel er ihm nicht auf; es gab mehrere Familien, die ihn trugen, und die ganze Geschichte war ihm viel zu gleichgültig, ging ihn längst nichts mehr an.

»Von meinen eigenen Angelegenheiten habe ich nicht zu erzählen: es genügt, wenn ich mittheile, daß meine Werbung angenommen ward und daß ich mich, trotz dieser besonderen, einstweilen noch vielfach gestörten und überaus vorsichtig zu behandelnden Verhältnisse so glücklich fühlte wie je ein Mensch. Es erschloß sich mir in Stephanien schon durch diese ersten, doch noch schüchternen Briefe nicht nur das holde, lustige, frische und sanfte junge Mädchen, wie ich sie persönlich kennen gelernt, es trat mir auch ein holdseliges Weib entgegen mit einer reichen und tiefen Seele, mit warmem Herzen und klarem Kopf, mit allem was man an einem geliebten Wesen ersehnt und verehrt. – Natürlich wußte die Gräfin Halberg bisher nichts davon. Ich sollte nach dem Willen des Generals Hauptmann werden, mich in dem nothwendig bevorstehenden Kriege auszeichnen, dann mir auch von der Tante die Braut erringen; Stephanie war ja auch eben erst siebzehn Jahre. – Bis dahin war Eugen Vermittler. Den ersten Brief schickte er mir, den zweiten brachte er selbst – es war an dem Tage, wo wir des Königs Reise nach und Ankunft in Breslau zugleich erfuhren. Als er mir den dritten von Prag auch wieder selbst brachte und wir auf meinem Zimmer noch im Gespräch waren, ward ich ab und zum General berufen: Eugen folgte mir, da er den Vater noch nicht begrüßt. Der General kam uns entgegen, hoch aufgerichtet, mit stolzem Blick reicht' er uns ein Blatt. »Gott sei Dank,« sprach er, »das Zögern ist zu Ende. Da sind wir endlich.« Es war der Aufruf zur Bildung von freiwilligen Jägerschaaren. Wir lasen einer über des andern Schulter.

»Hurrah, hurrah!« brach Eugen wild aus und riß mich an sich, so daß ich kaum das Gleichgewicht behalten konnte, »hurrah, Robert, da ist's, Gott sei Dank! Und so also, Vater,« fuhr er fort und ließ mich wieder plötzlich los und trat mit erhobenem Kopf, mit funkelndem Blick zum Alten, der bei dem Ausruf des Sohnes auffahrend, jetzt mit finster gerunzelter Stirn des Weitern zu harren schien, »und so also, Vater, – nun ist's doch endlich recht? Ich melde mich als dein erster Freiwilliger.« – Es flammte in den. braunen Augen des Generals wie ein jähes Wetterleuchten, doch er faßte sich augenscheinlich gewaltsam, schlug die Arme fest über die mächtige Brust und sprach mit einer Stimme, die ruhig sein sollte: »was fällt dir ein, Junge? Was geht der Aufruf dich an? Du bist der einzige Sohn deines Vaters und in dessen Abwesenheit und zumal im Kriege – wenn wir ihn kriegen – auf den Gütern unentbehrlich. Da kannst du ebensoviel wirken, wie wir im Felde. Genug aber, du weißt meinen Willen.«

»Es war ein furchtbarer Rückschlag in den Enthusiasmus des armen Jungen. Er stand auch eine Weile leichenblaß und zitternd. Dann sagte er endlich mühsam: »Vater – das kann nicht dein Ernst sein. Das scherzest du. Aber ich fleh' dich an – quäle mich nicht, sei barmherzig und sage ja!« – »Das werd' ich bleiben lassen,« versetzte er. »Du weißt meinen Willen längst und daß er fest ist wie die Berge. Genug davon.« – »Vater,« flehte er wieder, »sei barmherzig, du weißt, daß auf solch ein Ereigniß sich meine ganze Lebensaussicht gründet!« – »Schnack!« rief der General zornig, »bleib mir mit dem Zeug vom Leibe, wir haben andres zu thun. Und nun kehrt – marsch, da ist die Thür!« – Eugen richtete sich aus seiner zusammengesunkenen Haltung auf, auch er ward roth und die Augen begannen trotziger zu blicken. Doch er redete noch gemäßigt: »Vater, willst du, daß ich allein daheim bleibe, wo alle gehen? Soll ich mit Fingern auf mich zeigen lassen?« – »Ah!« rief der Alte und über seine Stirne flammte es von Sekunde zu Sekunde röther, »möchte den sehen, der's wagte! Möchte den sehen, der sich rührt, wo ich befehle!« – »Vater, es gehen alle, ich weiß – ich fühle das; es bleibt keiner daheim, als Greise und Krüppel –«. – »Und du!« unterbrach ihn der Vater aufbrausend. »Und du, sag' ich dir! Du bleibst, ich will meinen Sohn, den Sohn des wilden Heiden nicht am ersten Marsch erlahmen sehen.« – »Nun,« sprach Eugen jetzt auch heftig, »ich denke ein Mann zu sein wie Einer; was Einer kann, kann auch ich. Ich kann meinen Säbel brauchen und mein Pferd führen.«

»Der General ließ die Arme von der Brust sinken und stützte sich rückwärts mit den Fäusten auf den Tisch, an dem er stand; seine Stellung drückte, wenn man so sagen kann, Verachtung aus, jeder Zug seines Gesichts sprach von Hohn, der Hohn bebte in seiner Stimme: »Du ein Reiter – Schwächling! Du ein Husar – es ist zum Todtbleiben, wenn man bloß dran denkt! Armer Kerl, kaum eine Husarenbraut bist du, mein weicher Knabe, du sanftes, mildes Püppchen! – Ach Millionendonner Gottes, was ist's für ein Einfall! Wenn du erst Husar wirst – na dann prost die Mahlzeit! – Geh nach Haus, armer Knabe, pflüge deinen Acker, fahre deine Lieferungen und wiege dein Herzchen, da du keine Kinder zu wiegen hast. – Und nun bei allen siebzehntausend Teufeln der Hölle,« brach er vom Hohn jäh in die rasendste Heftigkeit überspringend aus und fuhr in die Höhe und warf die Fäuste in die Luft und wieder nieder, – »nun Bursch, ist des Redens ein Ende! Reiz' mich nicht! Du kennst mich noch nicht! Wenn der alte Heide zu Platz kommt, hört's auf mit des Herrgotts Regiment! Fort – pack dich! Und rühr' dich nicht wider meinen Willen oder ich zerbrech' dich wie ein Rohr, ich zertrete dich wie einen Wurm! Mir trotzen, mir! Mir! Ah!« –

»Ich riß Eugen aus dem Zimmer. Ich hatte früher nicht recht den Ausdruck begriffen, den ich wohl hie und da vernommen, wenn ein neues Gerücht von einer besondern Wildheit des alten Generals im Lande umlief –: »der wilde Heide ist los;« – jetzt wußte ich es.

»Bei dem scharfen, thörichten Hohn des Vaters war Eugen bald roth, bald blaß geworden; bei dem darauf folgenden Ausbruch war er leichenblaß, allein in seinen Augen brannte es so düster und auf seiner Stirn so drohend, um den Mund so entschlossen bis auf's

Aeußerste, daß ich nicht zu entscheiden wußte, ob das verzerrte Gesicht des Alten oder das starre Eugens das gefährlichste war. Es überkam mich ein Grausen vor dem nächsten Moment, und darum riß ich den Sohn hinaus. »Siehst du?« fragte er nach einer Pause, wo er sich zu fassen gesucht. »Hab' ich dir das nicht vorausgesagt?« – »Gott befohlen, Eugen,« erwiderte ich so ruhig wie möglich. »Geh nach Reuschwitz und, wenn du meinem Rath folgst, so bleibst du einstweilen ruhig da; es drängt nichts. Wenn es ernster wird, bleibt dir immer Zeit und freier Wille. Und dann thue, was du mußt.« – »Das ist nur Eins,« sprach er ruhig. – »Gewiß,« versetzte ich. »Laß es mich erfahren, wenn du gehst. Und nun adieu und Gott behüte dich, wenn wir uns vor dem Kriege nicht wiedersehen.« – Wir nahmen stumm Abschied. Ich ging in's Bureau; eine halbe Stunde nachher sah ich ihn aus dem Hofe reiten.

»Als ich später mit Arbeiten zum General mußte, fand ich ihn zwar still, aber in der mürrisch'sten Laune von der Welt. Mit einem gemurmelten Fluch gewährte er die Unterschriften, mit einem lauten warf er mir eine aufgesetzte Ordre als unbrauchbar zurück und ließ sich mit einem noch lautern dazu herab, mir seinen Willen auseinanderzusetzen. Zuletzt hieß er mich wild zum Teufel gehen. Ich nahm das alles ruhig hin; die Umstände machten es erklärlich, und ich war in meinem Glück und gegen den Vater meiner Braut auch milder geworden. Auf seine letzte Weisung ging ich; allein in der Thüre wandte ich mich um und sagte: »Ich soll Ihnen Ihres Sohnes Abschied sagen, Herr General. Er ist abgereist.« – »Wohin?« donnerte er auffahrend. – »Nach Reuschwitz, so viel ich weiß,« entgegnete ich kalt. – »Ah! – dacht's mir. Wollt's ihm auch gerathen haben!« gab er zur Antwort, und ich ging.

»Nachher erfuhr ich aber, daß er ihm trotz seiner geheuchelten Sicherheit nicht nur jemand nachgeschickt, um ihn zu beobachten, sondern daß er sich auch an einen ihm bekannten Flügeladjutanten, an den Kriegsminister und wer weiß an wen noch gewendet und Himmel und Erde in Bewegung gesetzt hatte, um Eugen den Eintritt in die Armee unmöglich zu machen. Man war auch auf sein Anliegen eingegangen und hatte alles zu thun versprochen, was geschehen könnte. Man hatte freilich Grund genug, einen solchen zwar wunderlichen, aber doch kleinen Wunsch des »wilden Heiden« zu erfüllen. Denn der Alte war unersetzbar, und man wußte, daß er kurz angebunden war.

»Am einundzwanzigsten März, – wir wollten eben den längst vorausgegangenen Truppen gleichfalls folgen, – erhielt ich einen kurzen Abschiedsgruß von Eugen. Auf die Aufrufe vom siebzehnten wollte er aufbrechen. Wohin, schrieb er nicht. Dem Vater, bat er, möge ich es verschweigen, bis er es von anderer Seite erfahre. – Das währte freilich nicht lange. Denn da der General ihn zum Abschied bereits in G. erwartet hatte, beschloß er nun, da er nicht kam, ärgerlich, vom Marsch aus auf ein paar Stunden nach dem nicht zu entfernten Gut hinüberzureiten und ihm »den Kopf zu waschen« für seine »Lieblosigkeit,« wie er's nannte. An die damalige Scene dachte er nicht grade besonders, und daß Eugen einen Willen gegen ihn haben könne, fiel ihm jetzt gar nicht mehr ein.

»Das Loos, ihn zu begleiten, traf natürlich wieder mich. Unterwegs wagte ich – ich hielt das für meine Pflicht – eine vorbereitende, vorsichtige Andeutung; aber er brauste dermaßen auf, daß ich sogleich abbrach und einlenkte. Ich hatte ja auch meinen Zweck doch erreicht und ihn aus seiner Sicherheit gebracht. Als er vor der Schloßthür auf die Rampe sprengte, war sein erstes Wort an den herbeistürzenden Diener: »Mein Sohn zu Hause?« Und als der alte Mann bestürzt entgegnete: »Aber nein, Herr Baron, der junge gnädige Herr sind ja bereits am Dienstag auf den schwarzen Engländer gesessen und in's Feld gezogen!« – da veränderte sich sein Gesicht so furchtbar und er schwankte im Sattel, daß ich entsetzt vom Pferde sprang und gerade noch Zeit hatte, an seine Seite zu eilen, damit er nicht auf das Pflaster niederstürzte. Als er aus der stundenlangen Ohnmacht wieder zu sich selbst kam, erfolgte ein Ausbruch seiner Heftigkeit, wie ich ihn noch nie erlebt. Davon will ich schweigen. Am Abend jagten wir zu den Truppen zurück und dann begannen die eifrigsten Nachforschungen. Sie blieben vergebens, wie man das auch wohl nicht anders erwarten konnte.

»Wenn ich Ihnen vom Kriege zu erzählen hatte,« fuhr Rohr nach einer Pause fort, »so könnte ich Ihnen manches brave und tapfere Stück, manchen tollen, glücklichen Streich berichten. Wir waren in jenen Tagen nicht sparsam mit unserem Blut, im Gegentheil, wir gaben es jauchzend hin, wo wir an den Feind kamen. Und daß das nicht grade selten passirte, können Sie aus dem Namen des alten N. schließen, in dessen Armeekorps unsere Truppen eine Brigade bildeten. Und Sie müßten es auch ohne ein weiteres Wort von dem »wilden Heiden« erwarten, den Sie ja bisher hinreichend kennen gelernt haben. All seine Aufregung, all seine Leidenschaften, all seine Wuth und seine Vaterangst – denn es war beides – um den ungehorsamen, verlornen Sohn, – alles konzentrirte sich jetzt in einem übermenschlichen Haß gegen den Feind.

»Aber Sie müssen nicht einen Augenblick denken, daß ihn dieser Haß blendete und ihn zu tollkühnen Wagnissen fortgerissen hätte. Ja, er brach einmal hervor, der alte Reiteroffizier, er warf sich trotz all unseres Bittens und Mahnens zuweilen an die Spitze einiger Schwadronen, fuhr, den Säbel in der Faust, die kurze Pfeife im Munde, über den Feind herein wie ein Gewittersturm, und niemals sah ich, daß eine solche rasende Attake mißlang. Aber für gewöhnlich beherrschte er sich mit riesiger Kraft und lenkte seinen Theil des Gefechts mit einer unvergleichlichen Ruhe und Geistesgegenwart. Freilich seine eigene Weise hatte er und man kannte und nutzte sie. Eine Position festzuhalten oder zu nehmen, war niemand geeigneter als er, – und wo es das Aeußerste galt, ward er stets gewählt. Wie ein Bullenbeißer hielt er fest, wie ein Donnerkeil drang er ein. Und wo er, nicht geschlagen, aber auf Befehl mit der Armee zurück mußte, da war er's, der die Nachhut kommandirte und bis auf den letzten Moment dem Feind die Zähne wies. Nachlässig hing er selbst dann auf seinem Pferde, ritt so ruhig durch den oftmaligen Regen von Kugeln, als sei er auf einem Inspektionsritt durch seine Feldmarken, scherzte oder plauderte harmlos mit seiner Umgebung, den nächsten Soldaten, reichte auch wohl einmal einem Mann, dem er die Ermüdung ansah, eine Hand voll Tabak oder ließ ihm durch den Diener einen Tropfen in die Feldflasche geben. Aber seine Truppen beteten ihn auch an bis auf den letzten Tambour. Und wenn nicht einmal für eine Ungeschicklichkeit, für ein Versehen einem armen Teufel ein Donnerwort an den Kopf fuhr, hatte

man in solcher Lage oft tagelang keine Gelegenheit, die Eigenthümlichkeit des *wilden* Heiden kennen zu lernen. Je wilder es um ihn
herzuging, desto humaner – wenn ich so sagen darf – war er selbst.

»So waren wir über die ersten Schlachten und Gefechte, durch
den Waffenstillstand, durch die wiedereröffneten Feindseligkeiten
gekommen und jetzt in den letzten September- und ersten Oktober-
tagen, wie alle andern Korps, endlich der Entscheidung immer nä-
her gedrungen. Bei der Nähe der verschiedenen Armeen und den
vielen Gefechten passirte es öfters, daß einzelne kleine Truppenthei-
le sich von ihren Korps abgedrängt sahen und sich bis zur günsti-
gen Gelegenheit dem nächsten Freunde anschlossen. Und so waren
in der letzten Nacht zu unserm Bivouak auch zwei schwache
Schwadronen eines Dragonerregiments gelangt, die man denn herzlich willkommen hieß, aber nicht Zeit fand, weiter zu beachten und
kennen zu lernen.

»Da wir die Avantgarde hatten, gelangten wir am Morgen zuerst
an die Höhen und Defileen, wo wir den Feind erwarteten und fanden. Wir waren bald im hitzigen Gefecht, das sich Stunde auf Stunde hinzog. Um elf Uhr erhielten wir Befehl, abzubrechen, den Feind
so lange zu beschäftigen wie möglich und uns, so gut mir könnten,
der rechts abmarschirenden Armee nachzuziehen. Man schickte uns
zu dem Zweck noch ein paar frische Bataillone und eine halbe Batterie.

»Wir saßen in einer ernsten Klemme. Die Hälfte unserer Bataillone stack mit ihren letzten schwachen Resten im Walde vor uns, und
sie jetzt zurücknehmen, hieß sie fast rettungslos dem mächtiger und
mächtiger andringenden Feind opfern. Zwei andere schlugen sich
bei ein paar Gehöften links, bei uns hatten wir auch noch zwei als
letzte Reserve, aber sie waren auch schon durch die ersten Stunden
gelichtet, und genügten, bei der Ankunft der frischen Truppen in
den Wald geworfen, kaum das Gefecht auch nur nothdürftig aufrecht zu halten. Außerdem hielten neben uns die halbe Batterie und
die mit unserer Kavallerie vereinigten zwei fremden Schwadronen,
ein armselig Häuflein.

»Als ich von einer Sendung zu jenen Gehöften zurück kam, prall-
ten unsere Leute bald truppweise und bald einzeln vor dem über-
mächtigen Feind aus dem Holz, während zu gleicher Zeit aus dem

Wege, der auf der scharf zulaufenden Waldecke etwa hundert Schritt lang durch das Gebüsch führte, eine dichte feindliche Kolonne im Sturmmarsch vorging. Da kam der Alte selbst in Carriere auf mich zu: »Rasch, Rohr, rasch! Lassen Sie die Leute dort sammeln und mit dem Bajonett in den Wald zurückgehen. Er muß gehalten werden! – Fort! – Kartätschen auf die Tete dort, Herr Lieutenant!« war seine nächste Weisung, die ich noch hörte.

»Unsere Leute am Walde hatten sich unter ihren paar übrigen braven Offizieren bereits gesammelt und gingen tapfer wieder hinein: ein frisches Bataillon folgte: ich selbst kehrte zum General zurück, der bis auf ein paar Ordonnanzen ganz allein vor der Kavallerie hielt, die Hand am Säbel. Grade als ich zurückkam, hörte ich seine Ordre an den Major: »Attakiren! – drauf, drauf, meine Jungen! Helft euren Kameraden im Wald aus der Patsche!« Und dahin gingen sie mit lustigem Hurrah und geschwungenem Säbel. Der Feind zerstob vor dem Einbruch, im wilden Durcheinander ging's durch den Waldweg; aber drüben empfing sie ein so furchtbares Feuer, daß fast alle Offiziere fielen und die Schwadronen aufgelöst zurückjagten. Das ganze Feld war einen Augenblick voll einzelner Reiter und kleiner Trupps. Wir waren beim Angriff zu den letzten beide Bataillonen geritten. Jetzt ließ der Alte sie Quarré formiren.

»Da sprengen ein paar Dragoner, ein Offizier unter ihnen, dicht bei uns vorbei. »Sammeln, Sammeln!« schreit der General dem folgenden Trompeter zu, und: »Sammeln, Sammeln!« ruft der Offizier nach. Wir fuhren beide auf, der General und ich, – es war Eugens Stimme. Und kaum vernommen jagt der Alte dem schon wieder Fernen nach, ich nah an seiner Seite. Wir kommen heran, er ruft den sich sammelnden Reitern zu: »Formirt! formirt!« Es ist wieder die Stimme: jetzt erkennen wir ihn auch – er sieht uns an – er winkt mit der Klinge – und wendet sich, um mit dem Häuflein zur erneuerten Attake vorzugehen. Und da schreit der Alte, der sich leichenbleich, kerzengrade im Bügel hält, mit einer Stimme, daß es wie der schärfste Trompetenklang durch den unermeßlichen Lärm fährt: »Junge, Junge, Satansjunge! Halt! – Trompeter, bei deinem Kopf, Retraite! – Junge – Eugen – mein Kind!« Und dabei geht es im Galopp vorwärts gegen den Wald, aus dem die Unsern sich grade jetzt langsam herausziehen, aus dem die Kugeln schon in unsere Reihen schlagen und hie und da einen Mann vom Pferde werfen. – Da seh' ich den Alten ein Pistol herausreißen, sich aufrichten, schießen, zugleich Eugens Pferd morsch zusammenstürzen. Doch im Nu ist dieser selbst wieder auf, schwingt sich in den Sattel eines andern, dessen Reiter eben gefallen, und dahin geht's. Das alles hatte keine zwei Minuten gedauert.

»Da hielt der Alte grade an der Waldecke sein Pferd so hart an, daß es rückwärts beinah zusammenbrach, und sagte finster und starr: »Nehmen Sie, was sich dort gesammelt, und machen Sie ihn los und dann zurück, oder schießen Sie ihm in meinem Namen eine Kugel vor den eigensinnigen Kopf. Macht rasch, ich will euch aufnehmen.« Und so ging er in Galopp zu den beiden feststehenden Bataillonen zurück, und ich mit dem Rest der Kavallerie, die eben herbeikam, jenem nach.

»Ich brachte ihn heraus, er hatte so aufgeräumt, daß wir in der That ein wenig Ruhe hatten. Er reichte mir jubelnd die Hand und schloß mich in die Arme, dann folgte er meiner Ordre und es ging gegen den Wald zurück, – da traf ihn eine Kugel aus einem noch festen Quarré, an dem wir vorbei mußten. Es schien nicht gefährlich, er fühlte sich wohl schwach, aber konnte sich doch noch mit Unterstützung eines Mannes auf dem Pferde halten. Wir waren ja auch in fünf Minuten durch's Holz, am nächsten, vorgeschobenen Bataillon. Dort fiel er vom Sattel, beinah vor die Füße des Vaters. Ein wilder Schrei, ein Fluch, wie ich ihn nie furchtbarer gehört – ein Faustschlag auf den Kopf seines Pferdes, daß es kerzengrade aufstieg – und er sprang aus den Bügeln, bückte sich und nahm den Sohn von der Erde wie ein Kind in die Höhe, an die Brust und sah ihm in die Augen mit einem Ausdruck von solcher Verzweiflung, daß mir und den Leuten umher unwillkürlich die Thränen in die Augen traten. »Wo ist die Canaille, der Chirurg?« sprach er; es war sein erstes und letztes Wort. Die schnelle Untersuchung des Herbeieilenden gab als Resultat: keine Rettung. Es war ein Blutgefäß zerrissen, der schnelle Ritt hatte es noch verschlimmert.

»Von dem nun beginnenden Rückzug kein Wort. Der Sterbende war im ersten Bataillon, der Alte bald zu Fuß an seiner Seite, bald wieder auf dem Pferd bei den hintersten Zügen, – hier ruhig, kaltblütig, ermunternd, antreibend, einen raschen Angriff befehlend wie in seinen klarsten Stunden, dort todtenstill und starr. Nur wenn

Eugen einmal aus seiner Betäubung erwachte, ihn erkannte, ein Wort flüsterte – beugte er sich zu ihm nieder, hörte, strich ihm leise über die feuchte Stirn, richtete sich dann wieder auf, nahm des Sohnes Hand in die seine und legte die andere zärtlich darauf. Und dabei ging es im raschen stetigen Schritte unaufhaltsam vorwärts. Sie sind bewegt, meine Herren, – uns, die wir das mitansahen, brach beinah das Herz, und es schämte sich niemand seiner feuchten Augen.

»Als wir Abends endlich dem Gros des Korps nahe kamen, von den Unsern aufgenommen wurden und unsere Feuer anzünden konnten, war er bereits todt. Der Alte ließ die Leiche an sein kleines Feuer bringen und bat uns, ihn allein zu lassen. Da sah ich ihn die Nacht bald sitzen, bald stehen und gehen; einmal saß er auf seinem Strohbunde und hatte den Körper auf seine Knie gezogen, und sein Gesicht war über das des Sohns gebeugt. Geweint hat er nicht, denn als ich mit einer Meldung ihn stören mußte, war sein Auge so klar, seine Stimme so ruhig, sein Befehl so scharf und bestimmt wie je. Am Morgen rief er mich heran. »Nehmen Sie ein paar Leute und lassen Sie hier ein Grab machen,« sprach er und deutete auf den Baum, bei dem sein Feuer brannte. »Ich möchte meinen Knaben doch zur Ruh haben, bevor wir aufbrechen.« – Es geschah nach seinem Willen; und als sie die Erde aufgehäuft hatten, wandte er sich langsam um und murmelte, so daß nur wir Nächsten es hörten: »wozu hast du mich nun leben lassen, du Herrgott im Himmel?« – Das war alles, und er versah seine Obliegenheiten wie immer, ohne das geringste Merkmal von Trauer oder Schwäche. Nur seine stolze Figur war von dem Tage an merklich gebeugt, und ich habe ihn nie wieder ganz aufrecht gesehen. Nach dem Frieden nahm er sogleich seinen Abschied und kehrte nach Reuschwitz zurück. Da ward das Geschwätz von den mißwollenden Verwandten verbreitet, daß er den Sohn erschossen. Wir wußten das besser und alle, die ihn kannten. Ich bin fertig.« – –

»Sie haben uns kein Wort mehr von sich selbst und der Tochter des alten Herrn gesagt,« bemerkte nach einem langen Schweigen einer von uns. – Er lächelte trüb. »Sei es drum,« sagte er endlich, »ich kann Ihnen auch davon noch berichten, obgleich Sie ja nur von dem Alten und seinem Sohn hören wollten.« – »Entschuldigen Sie die Frage, Herr Steuerrath,« sprach Natter lebhaft. »Wir erkennen gewiß alle an, daß sie indiskret ist. Allein Sie haben uns bisher ein so gutes Vertrauen gezeigt, und haben vor allen Dingen uns einen Einblick in einen so reizenden, seltenen Charakter thun lassen, daß es wahrhaftig nur Theilnahme und keine Neugierde ist, wenn wir Sie um ein Weiteres bitten.« Der alte Herr neigte mit einem neuen Lächeln den Kopf. »Ich glaube das, meine Herren,« sprach er dann. »Sie verdient auch eine solche Theilnahme; war sie doch ein Geschöpf, wie Gott es nur aus seiner reichsten Liebe werden läßt, so hold, so rein, so frisch, so lieblich.

»Sie können sich denken,« fing er also nochmals an, »daß der Verkehr mit der Braut für mich während der Kriegszeit so gut wie abgeschnitten war. Von ihr erfuhr ich, Gott sei Dank, ziemlich oft, da niemand sie hinderte, fleißig an den Vater und so auch an mich zu schreiben. Desto seltener aber konnte ich den Alten einmal dazu bringen, eine Antwort abgehen zu lassen: allein durfte ich niemals schreiben. Er war hierin von der festesten Bestimmtheit und voll einer, wahrhaft scheu zu nennenden Schonung für seine Schwester. Ueberdies war er durch die Sorgen um seinen Sohn und seine Truppen stets zu sehr abgezogen, um auf meine Wünsche und Gefühle Rücksicht zu nehmen; und als Eugen nun gar todt war, dachte er in der ersten Zeit an nichts anderes als an den Dienst. Nur einmal sprach er zu mir. Es war während der Ruhewochen im Anfang December, als er mir eines Tags mein Hauptmannspatent gab. »Na, da haben Sie denn die Frau, Rohr,« sagte er ziemlich launig, aber gleich wieder ernst fuhr er fort: »wollte der Herrgott, ich hätt' euch erst so weit. Denn das gibt einen Sturm, und ich bin mürbe. Nun, nach dem Frieden, wenn wir dann noch leben.«

»Sie können sich selbst sagen, wie mir bei dem allem zu Muth war. Ich liebte Stephanien so sehr, daß ich – – feig ward; ich wagte nicht bestimmter aufzutreten, Oeffentlichkeit unseres Bundes zu verlangen. Wie der General einmal war, konnte mich der geringste Trotz die Braut kosten. Und ich konnte sie nicht verlieren. Was mich noch mehr quälte, waren Stephaniens eigene Verhältnisse. Seit sie die Werbung des von der Tante Bevorzugten endlich entschieden abgelehnt, war Kälte zwischen den Verwandten und ihr eingetreten, die sie nicht wenig betrübte und niederdrückte. Die Stimmung des Grafen wie der Gräfin war überdies gegen den General wieder ungünstig geworden, seit sie von Eugens gezwungener Flucht zur

Armee vernommen. Und wie es so oft seltsam zugeht in den Menschenherzen – des wackern Jungen Tod, der unendliche Schmerz des Vaters versöhnte nicht diese bittere Stimmung, im Gegentheil ward sie dadurch geschärft, als ob man auch hieran dem General eine Schuld beimessen könne. Stephanie schrieb auf das betrübteste darüber. Das arme Kind war in der traurigsten Stellung zwischen den Verwandten, die sie fast wie Eltern ehrte und liebte, und dem Vater, für den sie schwärmte. Und dazu der Tod des geliebten Bruders und das niederdrückende Gefühl, daß er mit einem Treubruch aus dem Leben gegangen. Denn Karoline wähnte sich von ihm vergessen, treulos verlassen, und verging vor Gram nicht sowohl um den Todten als den Treulosen. Und ich durfte nicht einmal diese Sorge vom Herzen meiner theilnehmenden Stephanie nehmen!

»Endlich, nach dem Frieden, als der General um seinen Abschied eingekommen war und nun in die Heimat aufbrach, forderte er mich auf, ihn zu begleiten. »Sind ein braver Kerl, Rohr,« sagte er, einmal wieder in seiner alten frischen Weise. »Haben tapfer ausgehalten ohne Lamentiren. Nun solls aber auch recta zur Braut gehen, und der Alte selbst will sie herausholen.« Und so gingen wir ab und blieben in Reuschwitz nur so lange, wie es der Körper bedurfte, um sich zu erholen. Denn der Alte war nicht mehr der Riese von sonst, sondern litt auch von den Strapazen. Darauf fuhren wir nach Böhmen.

»Ich vergesse den Morgen nie, an dem wir auf dem Schlosse anlangten, denn wir ruhten diesmal die Nächte und brauchten längere Zeit zur Reise als vordem. Es war ein wundervoller Maitag, und da wir in die Halle traten, schlug die Schloßuhr über uns grade elf. Von meiner Stimmung sage ich nichts. Der General aber war tief ernst, fast finster, und hatte seit unserm Aufbruch am Morgen kein Wort geredet.

»Die Familie hatte im Speisezimmer beim Frühstück unsere Ankunft nicht gehört. Sie fuhren nun bei unserm Eintritt auf wie vor Gespenstern. Stephanie flog dann auf den Vater zu und warf sich nach einem Blick auf mich in seine Arme, an seine Brust. Aber die beiden andern standen noch starr und kalt auf ihren Plätzen, und selbst als sie sich näherten, war der Willkommen noch frostig genug; mich beachtete man kaum. Wie ich nachher erfuhr, war auf

Gott weiß, welche Weise eine Kunde von des Alten Plänen mit Stephanien und mir zu ihren Ohren gekommen. Es war eine lähmende Kälte über alle gebreitet. Selbst Stephanie war, wie Sie sich denken können, unter diesen Umständen nicht heiter und lebhaft. Stumm saß sie auf des Vaters Knie und hatte stumm den Kopf an seine Schulter gelegt und spielte stumm mit den Fingern seiner Hand.

»Da sagte die Gräfin: »wie wär's so anders, wenn du den theuren Knaben hättest mitbringen können! Felix, Felix, hättest du ihm erlaubt, was billig war, und ihn zu dir genommen, so wäre das auch nicht passirt!« – Der General runzelte die Stirne. »Wir sind alle sterblich!« sprach er aber gemäßigt. »Und die Kugeln treffen allerwärts.« – »Was fängst du nun mit Reuschwitz an?« fuhr sie schonungslos fort. »Verkaufst du nicht am besten? Stephanie möchte doch schwerlich dahinüberkommen, und ein Besitz in verschiedenen Staaten konvenirt manchem nicht. Und du selbst willst doch dort nicht einsam leben, zumal bei diesen widerwärtigen Gerüchten?«

»Gott weiß, wie sich die Dame so vergaß, aber es war geschehen. Was der General sich auch über die Einleitung und Führung unserer Angelegenheit vorgenommen haben mochte, jetzt war das alles vergessen, er fuhr vom Stuhl, und den Arm fest um Stephanie legend, die glühend und zitternd, aber mit blitzendem Aug' neben ihm stand, sprach er nach einem heftig hervorgestoßenen »Ah!« mit tiefer, fester Stimme: »wohlan, Schwester, und weil ich nicht einsam leben mag und der Herrgott mir den Jungen nicht zur Gesellschaft gelassen, so habe ich da einen andern Sohn angenommen, von dem mir Stephanie sagt, daß sie nicht ohne ihn leben wolle. Kommen Sie her, Rohr, da ist mein Kind.« – So legte er sie mir in die Arme. – Und als die Gräfin, ich weiß nicht, ob mehr erzürnt oder bestürzt, fragte: »Stephanie – ist es möglich, was dein Vater sagt? Du hast gewählt und wir wissen nichts davon?« – da richtete sich auch das schöne junge Wesen hoch und stolz auf, und ohne meine Hand loszulassen, sagte sie mit blitzenden Augen und gerötheten Wangen: »ja, Tante, wie du stehst, es ist so. Du hättest es doch nicht zugegeben und es ging einmal nicht anders. Ich konnte nicht von ihm lassen. Und dann kann ich auch nicht fort vom Vater, von meinem lieben, prächtigen, armen alten Papa! Er ist jetzt einsam, Tante, wie du sagst, und es gehn schlimme Gerüchte über ihn. Da müssen wir bei ihm sein.« Sie zog mich mit sich zum Alten und warf sich wieder an seine Brust. »Papa, nun laß ich dich nie wieder los!« rief sie dabei.

»Nur nothdürftig wurde der Friede wieder soweit äußerlich wenigstens hergestellt, daß wir nicht gleich davon fuhren. Es waren die unerquicklichsten Tage, die ich je verlebt; am dritten schieden wir; weder der General und Stephanie, noch Graf und Gräfin haben jemals einander diese Scene vergessen. Es thut mir weh, das auszusprechen, aber es war so.

»Im Herbst noch heirathete ich. 1815 wurde ich im Feldzuge so schwer verwundet, daß ich meinen Abschied nahm. Von da ab lebte ich noch sieben Jahr mit meiner Frau, bis der Herrgott sie von mir nahm. Der alte General erlebte auch noch diesen Schmerz mit vollem Bewußtsein und ertrug ihn wie ein Mann. Acht Tage darauf starb auch er, und ich zog dort weg und bewarb mich um einen Posten, um was zu thun zu haben. Gute Nacht, meine Herren. Ich bin weiter in diese alte Geschichten hinein gerathen, als ich beim Beginn gedacht; drum hat es mich auch so tief ergriffen, daß ich an Ruhe denken muß.«

Über tredition

Eigenes Buch veröffentlichen

tredition wurde 2006 in Hamburg gegründet und hat seither mehrere tausend Buchtitel veröffentlicht. Autoren veröffentlichen in wenigen leichten Schritten gedruckte Bücher, e-Books und audio-Books. tredition hat das Ziel, die beste und fairste Veröffentlichungsmöglichkeit für Autoren zu bieten.

tredition wurde mit der Erkenntnis gegründet, dass nur etwa jedes 200. bei Verlagen eingereichte Manuskript veröffentlicht wird. Dabei hat jedes Buch seinen Markt, also seine Leser. tredition sorgt dafür, dass für jedes Buch die Leserschaft auch erreicht wird.

Im einzigartigen Literatur-Netzwerk von tredition bieten zahlreiche Literatur-Partner (das sind Lektoren, Übersetzer, Hörbuchsprecher und Illustratoren) ihre Dienstleistung an, um Manuskripte zu verbessern oder die Vielfalt zu erhöhen. Autoren vereinbaren direkt mit den Literatur-Partnern die Konditionen ihrer Zusammenarbeit und partizipieren gemeinsam am Erfolg des Buches.

Das gesamte Verlagsprogramm von tredition ist bei allen stationären Buchhandlungen und Online-Buchhändlern wie z. B. Amazon erhältlich. e-Books stehen bei den führenden Online-Portalen (z. B. iBookstore von Apple oder Kindle von Amazon) zum Verkauf.

Einfach leicht ein Buch veröffentlichen: **www.tredition.de**

Eigene Buchreihe oder eigenen Verlag gründen

Seit 2009 bietet tredition sein Verlagskonzept auch als sogenanntes "White-Label" an. Das bedeutet, dass andere Unternehmen, Institutionen und Personen risikofrei und unkompliziert selbst zum Herausgeber von Büchern und Buchreihen unter eigener Marke werden können. tredition übernimmt dabei das komplette Herstellungs- und Distributionsrisiko.

Zahlreiche Zeitschriften-, Zeitungs- und Buchverlage, Universitäten, Forschungseinrichtungen u.v.m. nutzen diese Dienstleistung von tredition, um unter eigener Marke ohne Risiko Bücher zu verlegen.

Alle Informationen im Internet: **www.tredition.de/fuer-verlage**

tredition wurde mit mehreren Innovationspreisen ausgezeichnet, u. a. mit dem Webfuture Award und dem Innovationspreis der Buch Digitale.

tredition ist Mitglied im Börsenverein des Deutschen Buchhandels.

Dieses Werk elektronisch lesen

Dieses Werk ist Teil der Gutenberg-DE Edition DVD. Diese enthält das komplette Archiv des Projekt Gutenberg-DE. Die DVD ist im Internet erhältlich auf **http://gutenbergshop.abc.de**

Zeitfracht Medien GmbH
Ferdinand-Jühlke-Straße 7
99095 Erfurt, Deutschland
produktsicherheit@kolibri360.de